長編時代官能小説

寝みだれ秘図

睦月影郎

祥伝社文庫

目次

第一章　淫気を察する特殊な力

一

（これは一体、どういうことだろう……）

藤吉《とうきち》は、町を行く女たちを見ながら思った。不思議なことだが彼には、女たちの気持ちが手に取るように分かってしまうのである。

（あれは、どこかのお大尽のご新造と贔屓《ひいき》の役者だな。新造の方が激しい淫気だから、これから出合い茶屋にでも入るのだろう。お、あれは若い夫婦か。昨夜はしたのだろうが、まだまだし足りないぐらい、こんな昼日中でも催しているようだ……）

彼には、すれ違う人たちの、そうした心の動き、特に女の淫気に関する気持ちを見透かすことができるのだった。

最初、何となくそうしたことが分かるのは、家の中で立ち働く女の奉公人たちのことだけかと思っていたのだが、こうして外へ出てみると、見知らぬ行きずりの女たちの心根までがはっきり伝わってきた。

藤吉は十七になったばかり。浅草《あさくさ》にある薬種問屋、丹波《たんば》屋の一人息子だった。彼は幼い頃から身体が虚弱で滅多《めった》に外へ出ることもなく、早くに母親を病気で失ってからは、ずっと女中に看護されて育ってきた。

それが去年、臥《ふ》せったまま小柄な肉体ながら手すさびをして精汁を放つと、その心地よさに夢中になってしまった。十五で初の手すさびというのもかなりの晩熟であるが、やはり長年の淫気が溜まりに溜まっていたのだろう。特に淫らな妄想をするまでもなく、単に機械的に指を動かすだけで、何度でも射精してしまった。

もちろん男女の情交に関する知識ぐらいは持っていた。一回り年上の、庄助《しょうすけ》という手代が何かと様々な本を持ってきてくれ、その中に枕草紙も含まれていたのだ。

以後、病人の癖に、まさに病みつきになった感じで四六時ちゅう手すさびばかりしていたら、それで毒素が抜けきったわけでもなかろうが、すっかり食も進んで元気になってしまったのである。

起きられるようになってからは店の仕事を手伝い、多くを学んだ。算盤《そろばん》も仕入れの采配も素質があったのか、父親の彦十郎《ひこじゅうろう》が目を見張るほどの才能を発揮した。藤吉自身も、今まで寝たきりであった分を取り戻すかのように良く働いた。

その頃からだった。人の心、特に女が欲情したときの気配が何となく分かるようになったのは。

それは匂い、なのかもしれない。番頭と女中ができている、などという噂があれば、確かに女中が淫気を放っていることが分かった。それは甘ったるく艶《なま》めかしい微香で、藤吉までが悩ましい気分になってしまうほどだった。

ただ、女中たちが藤吉に淫気を向けてくることはなかった。まあ十五年も寝たきりだったのだから、悪戯《いたずら》でもして万一のことがあってはいけないと警戒していたのだろう。

これが生まれつきの能力なのか、藤吉には分からなかった。あるいは長く寝たきりで様様な薬を飲まされたことも手伝い、いつしかそうした感覚が研《と》ぎ澄まされてきたのかもしれない。

とにかく藤吉が嘘のように元気になったので、彦十郎は涙を流さんばかりに喜んだ。それはそうだろう。一人息子が枕も上がらぬ長患《ながわずら》いだったのが、起きて誰よりも働くようになったのだ。

そして今年になると、盆休みが終わったのを機に、主人の彦十郎は内藤新宿《ないとうしんしゅく》に丹波屋の支店を出すことにし、その店を藤吉に任せることにしたのだった。

彦十郎は温和な人情家で、人々の信望も篤《あつ》かった。しかし特に息子には、甘いばかりではいけないと思い、心配性を抑えて彼を出すことにしたようだ。

その引越しが、今日なのである。

「身体は辛くありませんか。若旦那」

風呂敷に包んだ大荷物を担いで先を歩いていた庄助が、振り返って言った。

「ああ、大丈夫だ。それにしても、どこまで行っても人と家ばかりだなあ」

藤吉は、物珍しげに周囲を見回して言った。

一年半前に起きられるようになり、外に出たのは先祖や亡母の墓参りの谷中《やなか》ぐらいのものなので、浅草から内藤新宿まで歩くなど、初めてのことなのだ。

もちろん少々疲れはしたが、体調はすこぶる良いので駕籠《かご》にも乗らず、こうしてのんびりと町々を眺めながら歩いてきたのである。

「ええ、江戸ン中はみんなこんな感じですよ。でも、お店がうまくいって一段落でもしたら、十二社《じゅうにそう》あたりご案内しますので」

「ほう、そこは？」

「春は桜、秋は紅葉、池や滝もある綺麗な場所です。そんな遠くありません」

高田馬場《たかだのばば》から浅草に奉公に来ている庄助は、内藤新宿界隈には詳しいようだった。

浅草も賑《にぎ》やかだが、内藤新宿も大変な人で、多くの店が軒を並べて活気に溢れていた。

「ああ、ここです」

庄助が言い、自身番屋に会釈して木戸を入っていった。藤吉も従い、表長屋の通りを歩いた。表長屋は、通りに面した場所に店を構え、辻駕籠屋、八百屋、魚屋、古着屋、瀬戸物屋などが並んでいた。

支店である新たな丹波屋は、その一角にあった。間口一間《けん》（一・八一八メートル）の小さなもので、店先になる土間、四畳半の座敷、奥には竈《かまど》や水桶が据えられている。住居は二階で、六畳が一間あった。最小限のものから始めろということなのだろう。

住むのは藤吉一人だけである。庄助は、様子を見たり新たな商品を持ってくるため、日に一回だけ来ることになっていた。

やがて支店が順調になり、彦十郎が隠居して藤吉が浅草の本店に戻れば、この店はそのまま庄助に暖簾《のれん》わけしてやるつもりのようだった。

「どうぞ、若旦那。お掃除も済んでおりますので」

二人が中に入ると、朝から来て家財道具を運んでいた奉公人たちが挨拶《あいさつ》した。

店となる土間には、すでに多くの薬が並べられ、座敷に上がると行燈《あんどん》に火打ち箱、折敷《おしき》に茶碗、鍋窯《かま》が揃えられていた。竃には薪も入り、水瓶にも水が張られている。そこに、庄助が持ってきた米や醤油、味噌や酢を置いた。

二階に上がってみると布団に枕屏風、寝巻きや着替えが置かれ、窓の外は小さな物干しになっていた。

見える景色は、やはり浅草とは違う。浅草寺《せんそう》の五重塔が見えない代わりに、僅かな距離を西に来ただけなのに、何やら富士がぐっと近くに見えるような気がした。

（さあ、頑張らないと……）

藤吉は内藤新宿に連なる屋根を眺め、外の空気を大きく吸い込んでから、再び階下に降りた。すると、引き上げていく奉公人たちと入れ代わりに、父親の彦十郎が駕籠でやってきた。やはり出発を見送ったものの、心配になってすぐ見に来てしまったのだろう。

「藤吉、大丈夫か。ずっと歩いてきたんだってな」

「大丈夫だよ、おとっつぁん。さっき別れたばっかりじゃないか」

藤吉は苦笑しながら父親を迎えた。

「いいか、火の始末に気をつけるんだぞ。ここはもう自分だけの家じゃないんだ。それから飯の炊き方や味噌汁の作り方はわかるか。戸締りをしっかりとな」

彦十郎は細々と注意を与え、やがて持ってきた多くの手拭いを持って、一緒に隣近所に挨拶に回ってくれた。

そして最後に、『くすり丹波屋』という看板を軒に吊り下げると、やがて彦十郎は庄助と帰ることになった。営業は明日からだ。

「いいか、今日は湯屋へ行って早めに寝るんだぞ。それから、市《いち》ヶ谷《がや》の玉《ぎょく》栄《えい》さんには、今日のうちに挨拶に行っておけよ。わしからもよろしくとな」

彦十郎は、最後にそう言って帰っていった。

玉栄とは、榊《さかき》栄《えい》之《の》助《すけ》という男の雅《が》号《ごう》で、彦十郎が懇意にしている絵師だった。市ヶ谷八幡の脇に藤《ふじ》乃《の》屋《や》と言う書店も経営し、藤吉も良く知っている洒脱な男だった。藤乃屋も藤吉も藤がつくので、よく養子にほしいと冗談を言われたものである。

しかし彦十郎は忙しい身なので、せっかくここまで来ながらも藤乃屋には寄らず、急いで浅草へ帰ったようだった。

（さて、では湯屋へ行く前に市ヶ谷に寄ってみるか）

藤吉は思い、自分の城の戸締りをして外に出た。間もなく八ツ半（午後三時頃）だ。市ヶ谷の帰りに湯屋に寄って戻れば、ちょうど夕《ゆう》餉《げ》の刻限になるだろう。

天《てん》保《ぽう》十五年（一八四四）八月の末、風もだいぶ秋めいてきた。

道行く男たちは、浅草の威勢の良さとはどこか違っていた。江戸っ子の浅草なら、一目見て鳶《とび》だの左官だの大工だのと見分けがついたが、内藤新宿は青《おう》梅《め》や八《はち》王《おう》子《じ》方面から来る薪《しん》炭《たん》業者や馬方が多く、百姓も無《ぶ》頼《らい》もあまり見分けがつかない感じだった。それは、ここが地のものより出入りするものたちの方が多いからなのだろう。

やがて藤吉は人に聞きながら、ようやく市ヶ谷八幡に着いた。

その右脇に、確かに藤乃屋と看板の掲げられた小さな本屋があった。

入り口付近に積まれているのは江戸案内図絵や学問書、中に入って奥へ行くと講談本や春本などが多く並べられていた。

「こんにちは」

「おお、藤吉さんか。入りなさい。引越しも済んだか。いよいよ一人立ちだな」

座っていた玉栄が立ち上がり、すぐに笑顔で出迎えてくれた。彼は何度も浅草に遊びに来て、臥《ふ》せっている藤吉に何かと菓子などを買ってきてくれたものだった。そして庄助がたまにくれた枕草紙も、全て藤乃屋からもらったものである。

「はい、おかげさまで明日から店を」

「そうか。すっかり元気になって、彦十郎さんも喜んでいるだろう」

玉栄は言い、彼を座敷に上げて長火鉢の鉄瓶から茶を淹《い》れてくれた。彦十郎と同年輩の四十代半ば、総髪を綺麗に撫で付けている。

「今日も来ていたのですが、急いで店に戻りました。玉栄先生にもよろしくと」

「ああ、そのうちまたこっちから行くさ。ふむ、顔色も良いし、肉もついてきたな」

玉栄は言って、藤吉の瞼に指を当てて眼を診てから、肩や腕に触れた。

「何だか、医者のようですね」

「ああ、むかし小田浜《おだはま》で典医《てんい》の見習いをしていたのだ」

「え、そうなのですか？」

藤吉は知らず、驚いた。ただの本屋の親父で、趣味で絵を描いているぐらいに思っていたのである。

（それなら……）

あのことを相談してみようか、と藤吉は思った。

二

「疲れやすくないか？　何でも喉を通るか？」

「はい。身体は自分でも不思議なほど、今は丈夫です。ただ、妙なことがあるのです」

藤吉は玉栄に言ってみた。

「妙なこと？　それは何だね？」

「人の心が読めるのです。いえ、言葉ではなく、気持ち、特に女の淫気が……」

「淫気……？　お前さん、もう女を知っているのかい？」

玉栄は、急に興味を覚えたように身を乗り出し、藤吉の目を覗き込みながら訊いた。

「知りません。知りたいのだけれど、まだ相手が……。それより、道行く女が、どれぐらいの淫気を抱いているか、というのが何となく分かってしまうのです。大抵は、近くを歩いている男、亭主や情夫や役者などに向けたものですが」

「ほほう、それは面白い。放つ淫気が、色をつけたように見えるのかね？　例えば白い湯気でも立ち昇るように」

「いいえ、強いて言うならば、匂いでしょうか」

「ふむ……」

玉栄は頷き、頭の中を整理するように茶を一口すすった。

本屋の客の方は一向に来ないから、毎日暇なのだろう。それでも奥の部屋では、通いの奉公人たちが製本の作業に勤しんでいた。

「匂いか。確かに情欲を催したとき、女は陰戸から、あるいは肌全体からある匂いを発する。それは虫でも獣でも同じだ。お前はそれを、敏感に察する能力があるのかもしれぬ。それは物心ついてからずっとか？」

「いいえ、去年、初めて手すさびをしてからです」

「なるほど……」

「今まで、おとっつぁんが私に、おかしな薬をいろいろ飲ませたせいでしょうか。起き上がれぬ原因が分からないからと、女の木乃伊《ミイラ》や後産（胎盤）まで食わされました」

「そうだろう。相当に貴重な薬を手配していたようだからな。だが、薬が原因ではないように思える」

玉栄は言った。最初から、怪しげな秘薬の効果など信じていないからかもしれない。

「では、何が原因なのでしょうか」

「わしはこう思う。お前さんは生まれつき、女の淫気を吸収する力を持っていた。丹波屋さんには、多くの奉公人や女中がいる。まして来る客も、精力増強の四つ目屋の『長命丸《ちょうめいがん》』を求めてくる男、あるいは『朔日丸《ついたちがん》』（避妊薬）を買いに来る女、みな並々ならぬ淫気の持ち主たちばかりだ」

「はあ……」

「その多くの人たちの淫気を吸い、また幼くて精汁を放つ方法を知らなかったため、身体も気持ちも重ったるくなって臥せっていた。それが手すさびを覚えてからは射出することにより身体が正常に戻った」

「な、なるほど……」

「これは、もって生まれた才能というべきだろう。して、今は日に何度ぐらい射精している？」

「五回ほどでしょうか。それをしないと一物が突っ張って、身体が重くなります」

「そ、そんなにか……。ふうむ、今までの分もかなり体内に残っているのかもしれぬ。まずは女を知り、その能力がどのように使えるようになるか、あれこれ探るのが良いな」

「私も、早く女を知りたいです。どなたか、良い人をご紹介願えませんでしょうか」

「それは駄目だ。最初の女というものは、自分の力で、あるいは運命の力で巡り合うようになっている。だから、いいか、少々の小金を手にしても、決して岡場所などに行ってはならぬぞ」

「はい……」

玉栄にじっと見つめられながら、藤吉は頷《うなず》いた。本当は、一人暮らしで自由になったのだから、早速女を買いに行こうかと思っていたのだ。

「岡場所の女は、金を払えば誰でも抱ける。普通の男なら、そこで筆下ろしをするのも良かろうが、お前は別だ。特別な能力のあるものは、最初が肝心だからな。そうした女が相手では勿体《もったい》ないから、運命を待て。あるいは、思う女がいたら全力で突き進め」

「分かりました。そうします」

「ああ、それでよい。能力のことは、用途がはっきりせぬうちはわしとお前だけの秘密にしよう。そして、できたら女との体験をわしに話してくれ。面白ければ本にするし、謝礼も弾むぞ」

玉栄は言った。何度とない好色本の禁令にもめげず、彼はしぶとく枕草紙の制作と出版に命をかけているようだった。

やがて藤吉は藤乃屋を辞し、近くにあった湯屋に立ち寄った。

十文払って糠《ぬか》袋も借り、着物を脱いで洗い場に入った。そろそろ職人たちが仕事を上がる刻限だろうが、まだ中にいる客はまばらだった。

最初に身体を流し、柘榴《ざくろ》口といわれる低い鳥居をくぐると薄暗い中に浴槽があり、藤吉は熱い湯に浸かった。湯屋に来るのは初めてだが、庄助にいろいろ聞いていた。夜に入るときは、柘榴口の中が真っ暗だから、人にぶつからぬよう声をかけろと教えられていたが、今は高い位置にある明かり取りから夕日が射していた。

「痩《や》せておるなあ。しっかり食っているか」

先に湯に浸かっていた武士が、気さくに声をかけてきた。四十を少し出たぐらいか、総髪にしているので浪人であろう。

「はあ、何とか」

「目方はどれぐらいだね」

「ようやく十一貫《かん》（四十一キログラム強）ほどに」

「もっと太らんといかんな。剣術をやらんかね。うちは町人でも構わんよ。近くにある天《てん》然理心流《ねんりしん》の試衛館《しえい》と言う。わしは主《あるじ》の近藤周助《こんどうしゅうすけ》」

「い、いいえ、剣術は……」

「そうか。まあ、無理には奨めぬが」

藤吉は近藤に会釈して、早めに湯から上がった。熱い湯は苦手なのだ。

洗い場に戻って糠袋で身体をこすっていると、壁を隔てた女湯の方から、言いようのない濃厚な淫気が流れてきた。おそらく、身を清めて夜に備える新造や後家、商売女たちがひしめいているのだろう。

その淫気を受け、藤吉の一物がむくむくと鎌首をもたげはじめてしまった。

「うわ、これはまた立派な……」

湯から上がってきた近藤が眼に留めたか、彼は目を丸くして言った。

「その身体でこの一物、おぬし、只者ではないな」

近藤は言い、思わず自分の股間を手拭いで隠した。

「ううむ、何人妻を替えても子に恵まれぬは、やはりわしの方に原因が……」

近藤は肩を落とし、そのまま洗い場を出ていってしまった。

とにかく藤吉は水をかけて一物を冷やし、何とか強ばりを鎮め、自分も早々に洗い場を出た。こんな場所で手すさびするわけにもいかない。多少前屈みになりながらきつく下帯を締め、着物を着て湯屋を出ていった。

表長屋に戻り、明るいうちに夕餉の仕度をした。飯は、さっき奉公人たちが手伝いに来たとき炊いてくれていたので、あとは味噌汁を温めるだけだ。干物も漬物もあるし、今夜はこれで良いだろう。

明日からは、物売りから蜆《しじみ》や野菜、豆腐などを買って日々の生活が始まるのだ。最初は要領を得ずに戸惑うかもしれないが、自立する夢と希望の方が大きかった。これで店を潰《つぶ》してておめおめと浅草に帰ったら、やはり大店の馬鹿息子ということになってしまう。やがてここは働き者の庄助が主となる店だから、彼が泣いて喜ぶほどの規模にして明け渡したいと思った。

やがて日が落ち、夕餉を終える頃に暮れ六つ（日没から三十分後）の鐘の音が聞こえてきた。近所の寺だろうか。やはり浅草寺の鐘とは違った感じだった。

そして洗い物をして明日から始まる店の支度を終えると、藤吉は火の元を確認して戸締りをした。二階に上がるときは、竈から消す前の付け火を持っていった。

二階の窓の外はすっかり暮れ、遠くの料亭からは三味《しゃみ》の音が聞こえていた。藤吉は付け火を行燈の芯に移し、枕屏風の陰から布団を出して敷いた。

寝巻きに着替えると下帯を解き、大切にしている枕草紙を行燈のそばで広げ、待ちかねたように手すさびをはじめた。

今までは、いつ女中が入ってくるか分からず気が気でなかったが、今夜からは心おきなく射精することができるのだ。

隣に若夫婦でもいれば夜毎に睦言《むつごと》や喘ぎ声が聞けるかもしれないのだが、彦十郎と一緒に挨拶に行った限りでは、隣の瀬戸物屋は年寄り夫婦だけだった。藤吉の住まいは長屋の一番奥だから、反対側の隣には部屋はなかった。

やがて彼は、藤乃屋製の春本を見ながら絶頂に達した。

他人と比べたことがないので分からないが、彼は自分の一物が人並み外れて大きく、また精汁の量も快感も人より多いことをまだ知らなかった。しかも放出したあとも脱力感よりは、さらなる気力が充実してくる特異体質だったのである。

藤吉は二度続けて射精し、今夜は最初の日だからと我慢し、明日に備えて早く寝たのだった……。

——翌朝は明け六つ（日の出の三十分前）の鐘とともに起きた。

外に出て共同の厠《かわや》を使い、井戸端に行って房楊枝で歯を磨いていると、長屋のおかみさんたちも次々に起きてきて彼に挨拶した。

「一人で大変ねェ。おかずが足りないとか、困ったときは何でも言うのよ」

みな親切に言ってくれた。四、五十代が多く、特に誰からも淫気は感じられなかった。

もう亭主ともしなくなっており、藤吉に対しても、子供が一人で頑張っているぐらいに思っているだけなのだろう。

やがて部屋に戻った藤吉は冷や飯と味噌汁で朝餉を終えると、小ざっぱりした着物に着替えて髪を撫で付け、店の板戸を跳ね上げて六ッ半（午前七時頃）に開店した。

こうして、藤吉の毎日が始まったのである。

三

「あの、こちらは浅草の丹波屋さんの」
十五、六だろうか、藤吉より少し下の美少女が店を訪ねてきた。着物は質素だが桃割れに結った髪と頰に浮かぶ笑窪《えくぼ》が可憐だった。折り目正しいので、武家の女中あたりであろうか。

「はい、左様でございます。浅草から出向きまして、三日目になります」

藤吉は答えた。昨日までの丸二日、客は全く来なかった。毎日庄助が様子を見に来るが売れた様子もないので、ここしばらくは新たな薬も持ってきていない。

「私は中川家《なかがわ》の女中、鈴《すず》と申します。千織《ちおり》様のお薬を」

「ああ、伺っております」

藤吉はすぐに立ち上がり、棚から預かっていた薬を取り出した。

確か中川家はこの近くだ。新造の千織が臥せっているというので、鈴は十日に一度は浅草まで出向き、主人の薬を取りに来ていたのである。

「実母散《じつぼさん》に竜骨《りゅうこつ》、間違いございませんね」

「はい。これで浅草まで行かずに助かります」

鈴は白い歯を見せ、代金と引き換えに薬を受け取った。しかし、すぐにまた眉をひそめて言った。

「あの、熱は下がってお顔の色も良いようなのですが、不思議に起き上がることができません。食も最近は進むようなのですが、まるで力が入らないのです。一度、診に来ていただけませんでしょうか。ほんの五、六町（約六百メートル）ばかりですので」

鈴が必死に言う。主人思いなのだろう。あるいは千織という新造が嫁いだとき、彼女の実家から一緒に来た女中かもしれない。

「はい。では伺うことに致しましょう」

藤吉は言って立ち上がった。ちょうど、いつもの刻限に庄助が来るのが見えたところだったから、店番が頼めるからだ。別に医者ではないが、千織に関しては彦十郎から、様々な症状による薬の調合の書き付けを預かっているから、実際に診れば、より適した薬を渡すことが出来るだろう。

ちなみに実母散は婦人薬で、煎じて飲む。成分は、当帰《とうき》（セリ科の多年草）、肉桂《にっけい》（ニッキ）、丁子《ちょうじ》、甘草《かんぞう》、黄蓮《おうれん》、人参など十種類以上の生薬を配合して作られている。土瓶に入れて煎じるための一回分ずつが和紙に包まれ、いわば現在のティーバッグ方式になって売っていた。竜骨は、動物の化石の粉末に牡蠣《かき》の貝殻を砕いて混ぜたもので、神経病や過労に効くと言われている。

「お出かけですか」

「ああ、ちょうど良いところへ来てくれた。中川様のお屋敷に行ってくるから、少しのあいだ店番をしておくれ」

「かしこまりました。お気をつけて」

庄助は、初めての客に張り切っている藤吉を見て、笑顔で送り出した。

藤吉は鈴に案内されて歩きながら、書き付けを読んだ。それには千織の細かな情報や症状が書かれていた。お得意だから、彦十郎は近々内藤新宿にも店を構えるからと、使いの鈴に言っておいたのだろう。

千織は二十一歳、嫁《か》して一年になるという。床に就いているのは、このふた月ばかりだった。鈴は、やはり千織の実家から従い、彼女に仕えて三年、十六ということだった。

「中川様というのは、どのようなお方です?」

藤吉は、千織の亭主のことを訊ねた。

「はい。旦那様は中川重兵衛《じゅうべえ》様と申され、千織様より一回り上、ご両親はすでになく、お役職もこれまでは無役だったのでございますが、今は下田《しもだ》に」

要するに、御家人としても最下位の方ということらしい。しかし千織の父親が彼の人柄に惚れ込み、娘を嫁にやった。さらに仕事上でも抜擢したところ、重兵衛は思いのほか才能を発揮したようだった。無役の頃に勉強を重ね、兵法や砲術を独学で身につけていたため、今は下田奉行の管轄に派遣され、海防の任に当てられていた。

そのため家は半年間ばかり空けることとなったが、無役のものが大抜擢されたため、彼は嬉々《きき》として下田に赴いたのである。

「だから今は、私と千織様の二人だけで暮らしているのでございます」

鈴は言った。もちろん千織が倒れたのは、重兵衛が発った後なので、心配かけぬよう手紙にも書かず、年明けに彼が帰ってくるまでに治しておこうという心算《つもり》のようだった。

「事情は分かりました。女の方だけで心細いでしょうが、何かあれば近いので、何なりとお呼び出しくださいませ」

「有難う存じます」

藤吉の言葉に鈴は素直に礼を言ったが、身体も小さく力も半人前以下の彼では、大した助けにもならないだろう。それでも藤吉は、この可憐な鈴に惹かれはじめていた。何しろ丹波屋以外の世界で、初めて会って話した女なのである。

やがて二人は、中川家の拝領屋敷に着いた。屋敷といっても小さいが、一応は一軒家で小さな庭には草花が植えられていた。

「こちらでございます」

門から入り、鈴が先に中に入った。

藤吉がざっと見回すと、部屋は三間、ほか台所と納戸、厠があるだけで、建物は二十五坪ほどだろう。

「どうぞ、お上がりくださいませ」

鈴が玄関に戻り、藤吉も上がり込んだ。奥の間に進むと、そこに床が延べられ、千織が半身起こして待っていた。藤吉は端座し、深々と頭を下げた。

「丹波屋の倅《せがれ》、藤吉でございます。お近くに店を構えましたので、今後ともよろしくお願い申し上げます」

「千織です。ご足労いただき申し訳ございません」

千織は口を覆い、小さいが澄み切った声で言った。藤吉のような町人の子供にも礼を尽くし、実に顔立ちの整った、清楚《せいそ》な新造だった。髪は長く垂らし、化粧気はないが室内には馥郁《ふくいく》たる熟れた女の体臭が籠もっていた。

口元を手で隠しているのは、お歯黒を塗っていないからだった。亭主が長く留守をしているし、自分も起きて外に出ないのだからと、眉も落とさずにいるようだ。だから亭主以外に白い歯を見せるのを憚《はばか》り、そんな仕草が実に気品に溢れていた。

「いつものお薬をお出し致しましたが、このところはどのような具合でしょうか」

「お鈴、下がっていなさい」

千織が言うと、鈴は返事をし、一礼して部屋を出て行った。

「もう熱は出なくなり、だるさも徐々に取れてはいるのですが、起きるのは厠ぐらいで、あとは動こうという気になりません」

千織が向き直って言う。しかし、顔色は決して悪くなく、やつれて痩せ細った印象はなかった。むしろ寝巻きの上からも、丸い肩の線や胸の膨らみが艶めかしい曲線を描き、一体どこが悪いのか分からないほどだった。

「それに寝たきりで、背中や腰が痛みます」

「お鈴さんには、揉んでもらうことは？」

「いえ、あの子には身体を拭いてもらうだけです。差し支えなかったら、藤吉さん、触れて診《み》て頂けませんでしょうか」

千織が言う。淫気は全く感じられないから、純粋に揉んでほしいのだろう。藤吉は医者ではないし一人前の薬屋でもないが、望まれる部分を押すぐらいのことはできるだろう。

「はい。どうぞお楽に、横になってくださいませ」

藤吉は言いながら、遠慮がちに彼女の身体を支え、横たわらせた。千織は横向きになって、彼に背を向けたので、藤吉は背中をさすってみた。

寝巻き越しに、脂の乗った滑らかな肌の感触が伝わってくる。

「もう少し下……」

「はい。この辺りですか」

藤吉は、背中から腰、ややもすれば豊かな尻の丸みに近づくほど手のひらを移動させていった。すると、ふんわりと甘ったるい匂いが揺らめいてきた。

（うん？　淫気……、まだ一、二合ほどだが……）

藤吉は察知した。一、二合というのは、藤吉が独自に想定した淫気の測り方である。女一人の淫気を一升徳利に例え、その器に、どれほどの淫気が満たされているかという目安を思い描いているのだ。

「ああ、その辺り、もっと強く……」

千織がうっとりと言い、くねくねと腰をよじった。彼の指が押しているのは、もうほとんど柔らかな尻たぼだ。双丘に親指が食い込むたび、千織は息を詰めて身悶え、淫気の度合いも四合、五合と増えていった。

「も、もう結構です。場所が分かりましたので、あとはお鈴にさせます……」

言われて、藤吉は指を離した。淫気が六合以上高まったところで、彼女は拒《こば》んできたのだ。それは快感を意識し、急に恐ろしくなったのだろうと彼は推察した。

（これは、もしかしたら私と同じ症状……？）

藤吉は思った。要するに、彼女は自分でも気づかぬ絶大な淫気の持ち主だった。それが所帯を持って快感に目覚めはじめた矢先、夫が長期で下田に赴任してしまった。武家に生まれ、まして慎み深い性格で自分を慰める術も知らず、それで気鬱《きうつ》にかかったのではないだろうか。

だとしたら、治す方法は一つである。しかし藤吉は、まだ女の悦ばせ方も知らない。それに肉体は求めても、千織の気持ちがそれを求めないかもしれない。

「とにかく、時間をかけて様子を見ましょう。今のお薬で治る兆《きざ》しがなければ、また浅草へ戻って相談してみます。それから何かあれば、いつでも私が参上いたしますので、按摩《あんま》代わりにでもお呼び出しくださいませ」

藤吉は言い、一礼して中川家を辞したのだった。

四

「あ、これは、おっかさん。ようこそ」

翌日、藤吉が店番をしていると、義母のイネがやってきた。

「庄助が忙しくて出られないので、今日は代わりに私が」

イネは薬の補充と、彼のために団子も買ってきてくれていた。

彼女は三十七歳。イネが彦十郎の後添えに入って五年になる。生母の顔も知らぬ藤吉にとっては、急に家に来た若くて美しい義母だった。もとは下総《しもうさ》で農家のかたわら、丹波屋に卸す薬草採りをしていたが、亭主と子供に死なれて独り暮らしをしていた。それを彦十郎が引き取って後妻に据えたのである。

一人で逞《たくま》しく生きていたわりには色白で、実に艶めかしく豊満な肉体をしていた。

イネはいつも淫気が満々で、それを彦十郎以外のものにまで向けていたので、藤吉はあまり好きになれなかったのだが、手すさびを覚えてからというもの、どうにも義母が気になり、こっそり厠や行水を覗《のぞ》いては精汁を放つようになってしまっていた。

「ふうん、きちんとしているね。偉いわ」

イネは、竃や部屋の様子を見ながら言った。

「お客の方はどう？」

「はい、ぼちぼち人が寄ってくれるようになりました。売れるのは膏薬や地竜《ちりゅう》（熱さまし用の蚯蚓《みみず》の粉）が主ですが、たまに奇応丸《きおうがん》（乳幼児の発熱や疳《かん》を鎮める薬。人参や麝《じゃ》香《こう》、沈香《ちんこう》や熊胆《ゆうたん》が配合されているので高価）も出ます」

「そう。旦那様も、まず半月は客など来ないだろうと言っていたけれど、お前は可愛いから、じきにおかみさんたちの評判になるでしょう」

イネは藤吉の横顔を見つめ、ふっと甘い匂いを漂わせた。

（え？　淫気、この私に……？）

藤吉は、イネの放つ淫気を察知して怪訝《けげん》に思った。今まで、寝たきりの能無し息子と思って、ろくに看護もしてくれなかったが、ここ最近の成長ぶりを見直してくれたのかもしれない。義母とはいえ、ある意味、これほど女臭い美女に淫気を向けられるのが、男として一人前になった証のような気さえした。

「お前、もう女は買ったの？」

「い、いえ……」

唐突に、核心に触れた話題を振られ、藤吉はうろたえながら首を振った。

「それでは、婦人薬の扱いにも困るだろうに。月のものや気を遣《や》る仕組みを知らなければ正しい薬が出せないよ」

「はあ……」

「身体は子供でも、あっちの方はもう一人前なんだろう。お前が何かと私の裸を覗いていたことは知っているんだから」

イネは囁《ささや》きながら、藤吉の背後から身体をくっつけてきた。彼女の淫気は、七合から八合に差し掛かっていた。ここまで来たら、もう後戻りできない状態だろう。その淫気が伝染したように、藤吉の一物も激しく突き立ってしまっていた。

イネは胸の膨らみを彼の背に密着させ、湿り気のある甘い息をうなじ越しに吐きかけながら、そっと前に回した手で藤吉の股間に触れてきた。昼餉を終えたばかりで、店の前には通る人もいなかった。

と、下帯の上から彼の股間に触れたイネが、びくっと手を引っ込めた。

「ま……！　大きい。お前、どうしてそんなに……」

イネは驚いて言い、もう一度恐る恐る触れてきた。

今度は大胆に、下帯の上から完全に一物の形状を探り、幹の太さや長さ、硬さなどを確認するように握り締めた。

「ああ……、お、おっかさん……」

「これだけのものを持っているのなら、早くしないといけないよ。最初の女は、私でいいかい？」

「で、でも……」

「今は縁あって母と息子だけれど、元は血のつながらない他人だから、畜生道《ちくしょうどう》に堕ちることはないよ。いいね？　私が最初で。ならば、さあ、今日は店じまいだ。二階にいるからね、早く」

そう言うと身を離し、イネは階段を上がっていってしまった。

藤吉は呆然《ぼうぜん》としていたが、彼もまた後戻りできないほど淫気が高まってしまっていた。

淫気の塊《かたまり》のようなイネも、最近は大店のおかみが板についてきて、そうそう勝手に出歩くこともできなくなっていた。それで、成長しはじめた藤吉に淫気を向け、手代の代わりに息子の様子を見てくるという口実で、堂々と乗り込んできたのかもしれない。浅草では多くの人の目があるが、ここなら二人きりになれるのだ。

あるいは、淫気の多い女は、それを感じ取る男を無意識に選び出すものなのかもしれない。あの千織のように……。

とにかく藤吉は跳ね上げていた板戸を下ろし、緊急に店を閉めてしまった。イネも夜まではいるわけではないだろうから、彼女が帰ればまた開ければ良いし、確かにまだまだ客に迷惑をかけるほど店が重宝されているわけではないのだった。

全ての戸締りをして二階に上がると、すでにイネは床を延べ、腰巻一枚になって横になって待っていた。

「さあ脱いで」

イネが半身起こし、白く豊かな乳房を揺すって彼の帯を解きはじめた。

藤吉もされるままになり、着物を脱がされ下帯まで取り去られた。太く長い一物が、急角度にそそり立ってイネの顔に向いた。

「なんて、立派な……、親子でこんなにも違うの……」

イネが、感嘆して言った。してみると彦十郎は標準か、それ以下なのかもしれない。

藤吉は手を引っ張られ、そのまま仰向けに寝かされた。

「これだけ大きければ、何度でもできるでしょう」

「いえ、続けて五回ぐらいしか……」

「そんなにされたら死んでしまうわ」

言いながらも、イネはその間ずっと幹を握り締め、しなやかな指先で愛撫していた。

「い、いきそう……」

藤吉は、生まれてはじめて他人に触れられ、予測のつかぬ指の動きに身悶えながら口走った。早くも先走りの粘液が、鈴口からじくじくと滲《にじ》みはじめていた。

「いいわ、じゃ最初は飲ませて……」

イネは言い、彼の股間に顔を寄せて熱い息を吐きかけてきた。

藤吉は期待に大きく息を吸い込み、仰向けのまま義母の愛撫を待った。

イネは両手で押し包むように幹を支え、先端にちろちろと舌を這わせてきた。まずは鈴口の粘液をすくい取り、次第に張り詰めた亀頭全体を舐め回した。

「ああ……」

藤吉は、指とは全然違う大きな快感に喘いだ。

イネは、少しでも長く味わいたいように、敏感な亀頭から舌を離し、ふぐりにもしゃぶりついてきた。大きく開いた口で巾着袋を呑み込み、舌で飴玉のように二つの睾丸を交互に転がした。

股間全体に義母の熱い息が籠もり、藤吉はふぐりへの刺激だけでも果てそうになってしまった。もちろん彼も、少しでも長く快感を得ていたいので、奥歯を噛《か》み締めて暴発を堪《こら》えていた。

イネはまんべんなくふぐりを舐め尽くすと、舌先で幹の裏側を舐め上げ、今度こそ本格的に肉棒をすっぽりと呑み込んでいった。

熱く濡れた口の中に包まれると、たちまち一物は義母の温かな唾液にまみれた。

先端が喉の奥の肉にぬるっと触れると、

「う……」

思わず咳《せ》き込みそうになって、イネが口を引き離した。

「なんて長いの……。でも、久しぶりの男の匂い……」

イネは言い、豊かな乳房の谷間で幹を挟みつけ、両側から手で揉みしだきながら先端に舌を伸ばした。

「も、もう……、出る……」

藤吉が限界を迫らせながら口走ると、イネも顔全体を小刻みに上下させながら、すぽすぽと唾液に濡れた口で摩擦してくれた。それはまるで、身体中が義母の甘い匂いの口に含まれ、舌で転がされているような快感だった。

「ああッ……！」

たちまち激しい快感に襲われ、藤吉は喘ぎながらありったけの熱い精汁を放った。それは、自分でする手すさびなど比べ物にならないほどの大きな快感だった。

「ンン……」

熱い精汁に喉の奥を勢いよく直撃されながら、イネは呻き、少しずつ喉に流し込んでいった。噴出は後から後から続き、飲むのが追いつかなくなりそうだったが、それでもイネは亀頭を含んだまま懸命に嚥下《えんか》した。

ようやく勢いが弱まると、イネも再び舌を動かす余裕を取り戻し、余りを飲み干した。

全て出し切った藤吉は、ぐったりと力を抜いて身を投げ出した。イネも口を離し、濡れた先端を丁寧に舐めてくれた。

過敏になった亀頭が、舌の刺激にひくひくと震えたが、硬度は衰えることなく、一物はそそり立ったままだった。

「すごい。まだこんなに硬いわ……」

イネが感心して言い、腰巻を取り去って全裸になると、上下入れ代わって仰向けになってきた。

「さあ、今度はお前の番よ。好きなようにして」

「おっかさん、教えてほしいんです。どんな風にするのが一番良いのか……」

身を起こしながら藤吉は言った。してみたいことは山ほどあるが、少しでも早く女を喜ばせる方法を知りたいのだった。

五

「そう、何も知らないんだったね……。いいわ、何でも言うとおりにするのなら教えてあげる。まず、足の裏をお舐め」

イネの意外な言葉に、藤吉は驚いて動きを止めた。

「それができないんだったら、女を悦ばすことはできないよ」

「分かりました。やります」

藤吉は答え、イネの右足首を持って浮かせ、足裏に唇を押し当てていった。

もとより嫌ではない。藤乃屋の春本にも足舐めは多く書かれていたのだ。ただ、そこが最初ということに面食らっただけである。

舌を這わせると、踵の硬い部分と土踏まずの柔らかな部分の感触の違いが分かった。全体はうっすらと汗ばみ、微《かす》かにしょっぱい味覚があった。指の股に鼻を押し付けると、濃厚な匂いが感じられ、彼は汗と脂に湿った股に舌を割り込ませた。

「アア……、くすぐったくていい気持ち……、いい子ね、もっと舐めて……」

イネがうっとりと息を弾ませて言い、彼の口の中できゅっと指を縮めて舌を挟みつけてきた。彼女の淫気は、すでに八合から九合にまで高まっていた。

やがて味も匂いも消え去るまで舐め尽くすと、イネは自分から足を下ろし、もう片方を差し出してきた。

藤吉は、そちらも念入りに舐め、女の生の匂いに激しく興奮を高まらせた。

「いいよ……、そのまま、陰戸まで舐めておいで……」

両足ともしゃぶらせて気が済むと、イネは僅かに両膝を立てて大股開きになりながら言った。

藤吉は腹ばいになり、彼女の脚の内側を舐め上げていった。肌はどこもすべすべと滑らかで、やがて白くむっちりした内腿の間に入ると、濃厚な女の匂いを含んだ熱気と湿り気が、顔中に吹き付けてきた。

股間の丘には黒々とした艶のある茂みが密集し、割れ目からは僅かに桃色の花弁がはみ出していた。いよいよ彼が顔を股間に寄せると、イネが自分から両の人差し指を割れ目に当て、ぐいっと陰唇を左右に開いて見せてくれた。

「ほら、初めてだろう？　よくご覧。こうなっているんだよ、女は……」

イネは自ら興奮を煽《あお》りながら息を詰めて言い、ぬらぬらと熱い淫水に潤《うるお》った内部を丸見えにさせた。

「ここが陰戸の穴。ここに一物を差し込むのよ。これはオサネ。舐められると女はうんと気持ち良くなるけれど、ここばかりしつこくしても駄目。他を充分に刺激してから、最後にここを舐めて……」

イネは指の腹で包皮を剝き、小さな亀頭型をした突起を露出させながら説明した。

藤吉も、藤乃屋の枕草紙で陰戸の絵は見ているから、大体の位置関係や用途は理解していた。尿口も、膣口の少し上にぽつんと閉じられているのが確認できたし、割れ目の下の方にある肛門も、きゅっと窄《すぼ》まって実に可憐だと思った。

「さあ、分かったら舐めて……」

イネが言い、身構えるように大きく息を吸い込んだ。

藤吉は悩ましい匂いに誘われるようにぎゅっと顔を埋め込み、柔らかな茂みに鼻をくすぐられた。その隅々には、甘ったるい汗の匂いと刺激的な残尿臭、さらに腰巻の中で蒸《む》れた体臭が馥郁と混合され、鼻腔から直接一物に興奮が伝わってきた。

舌を伸ばすと、淡い酸味を含んだぬめりがまつわりつき、陰唇が吸い付いてきた。藤吉は掻き回すように柔肉を舐め回した。膣口周辺の細かな襞《ひだ》が心地よい舌触りを伝え、舐めるたびに新たな淫水が湧き出してくるのが分かった。

「アア……、上手よ。ここも忘れずに舐めて……」

イネが喘ぎながら言い、両足を浮かせると両手で白く豊かな尻の谷間を広げ、桃色の肛門を突き出してきた。

そちらにも顔を埋めると、何とも悩ましく生々しい微香が籠もっていた。もちろん嫌ではなく、藤吉は舌先でくすぐるようにちろちろとなめ、充分に濡らしてから中にも差し入れ、ぬるっとした滑らかな粘膜を味わった。

「いいわ……、もっと動かして……」

イネが声を上ずらせて言い、潜《もぐ》り込んだ舌を肛門でキュッキュッと締め付けてきた。

藤吉が熱く濡れた陰戸に鼻を押し付けながら、懸命に肛門内部を舐めていると、ようやく彼女が両脚をおろし、再び陰戸への刺激を求めた。

彼は新たな蜜汁をすすりながら割れ目を舐め、もう良いだろうと、ゆっくりオサネに舌を移動させていった。

「あう……！」

イネが息を呑み、びくっと肌を強ばらせた。彼が思っていた以上に、ここは感じる部分なのだろう。藤吉は小刻みにオサネを舐め、たまに溢れた淫水をすすり、執拗に刺激し続けた。

「も、もういいわ。いきそう、入れて……」

イネが喘ぎながらせがむと、藤吉も顔を上げ、激しく勃起している一物を構えながら股間を押し進めていった。急角度な幹を指で押し下げ、亀頭を陰戸の穴にあてがった。

「そう、そこよ……、来て、奥まで深く……」

イネも僅かに腰を浮かせて位置を合わせながら言い、藤吉は胸を高鳴らせながら、ゆっくりと挿入していった。

張り詰めた亀頭がぬるっと潜り込むと、あとは自然に吸い込まれていくようだった。

藤吉は熱く濡れた柔襞に摩擦されながら、深々と根元まで押し込んだ。

「あうう……、お、奥まで当たる……」

イネが、淫気を架空の一升徳利いっぱいに満たしながら喘いだ。

藤吉は身を重ね、しばらくはじっとして初めての感覚、女体の温もりや締め付ける感触を嚙み締めた。動かなくても、膣内はきゅっきゅっと収縮を繰り返し、少しでも肉棒を奥へ奥へと吸い込もうとしているように蠢《うごめ》いていた。

「吸って……」

イネも、まだ動かず快感を味わいながら言い、豊かな乳房を彼の顔に突き出してきた。

屈《かが》み込むと、小柄な藤吉の口に、ちょうど乳首が届いた。強く吸い付くと、汗ばんだ胸元や腋の下から、何とも甘ったるい体臭が立ち昇って彼を酔わせた。

藤吉は自分から、もう片方の乳首にも吸い付いて舌で転がし、さらに腋の下にも顔を埋めて、色っぽい腋毛に籠もった悩ましい汗の匂いを胸いっぱいに嗅いだ。

「ああ……、気持ちいい……」

イネが喘ぎ、ようやく下からずんずんと股間を突き上げてきた。ぬるぬるする柔襞がこすれ、何とも心地よい摩擦感が伝わってきた。それに合わせ、藤吉もぎこちないながら、次第に調子をつけて腰を突き動かしはじめた。

するとイネが彼の顔を引き起こし、下からぴったりと唇を押し付けてきた。

足舐めから始まり、情交を完遂した最後の最後で口吸いが行われたのだ。枕草紙に書かれていたのとは全て反対の順序だったが、あるいは、このイネという女は情交に関しては相当に凄《すご》い人なのではないだろうかと藤吉は思ったほどだった。

温かな唾液に濡れた舌を味わい、熱く甘い息を吸い込みながら藤吉は高まっていった。

「アアッ……、い、いきそう……！」

イネが耐え切れず口を離し、顔をのけぞらせて悶えた。

間近で、眉を剃りお歯黒を塗った美しい義母が喘いでいる。藤吉自身は、初めての女となった義母の中で最大限に膨張し、いつしか股間同士をぶつけ合うほどに激しく律動していた。

初めての相手としては、申し分ない色っぽく熟れた女だ。しかも義母という禁断の興奮も加わっている。早々と岡場所になど行かなくて、本当に良かったと藤吉は思った。

しかも藤吉は相当に興奮しているとはいえ、一度射精したばかりなので、心の片隅で情交というものを冷静に観察していた。

（やはり動きは単調ではいけないのだろうな。春本に書かれていた通り、たまには浅く時には深く、あるいは押し付けて円を描くように……）

藤吉は、持っている知識を様々に試してみた。巨根の絶倫というばかりでなく、こうしたところが彼の天才的な部分だったのかもしれない。

「ヒーッ……、もう駄目、助けて、堪忍……、アアーッ……！」

イネは狂おしく身悶え、何度も何度も気を遣るように、がくんがくんと激しい痙攣《けいれん》を繰り返した。彼を乗せたまま身を弓なりに反り返らせ、腰を跳ね上げ続けた。藤吉は、暴れ馬にしがみつく思いで前後運動を行い、とうとう彼も宙に舞うような絶頂の快感に貫かれた。二度目とも思えぬ量の精汁を、どくどくと勢いよくほとばしらせ、イネの奥深い部分を直撃した。

「あう……！」

熱い噴出を感じ取ったイネは絶句し、そのまま全身を硬直させた。

藤吉は最後の一滴まで心ゆくまで放出し、ようやく動きを止めた。口に出すのも心地よかったが、やはり一体となり、ともに昇り詰めるのが最高だと思った。

彼は義母の甘い匂いと温もりに包まれながら、うっとりと快感の余韻に浸った。

するとイネも硬直を解き、失神したようにぐったりと力を抜いた。深々と納まったままの肉棒をぴくんと脈打たせると、

「く……」

イネはびくっと震えて呻き、応えるようにきゅっときつく締め付けてきた。

「おっかさん、大丈夫……？」

「お……、お前は、なんと恐ろしい……、こんなの、初めて……」

イネはとろんとした眼差しで藤吉を見上げながら、息も絶えだえになって呟き、いつまでも彼の背に両手を回してしがみついていた。

「毎日でもここへ来たいけれど、それでは私の身が持たず死んでしまいます……。せいぜい月に一、二度にするから、また必ずしておくれね……」

イネは上気した顔で、懇願するように囁いた。

まあ実際、庄助に用事を言いつけて、代わりに自分が来るようにするには、やはり月に一、二回が良いところなのだろう。

藤吉は頷き、あらためて筆下ろしをした感激を噛み締めるのだった。

第二章　武家女のいけない欲望

一

「あの、またお越し願えませんでしょうか。千織様が、是非にもと」

翌日、また鈴がやって来て言った。申し訳なさそうなのは、今日は庄助が帰ったあとで店番がいないからだろう。

しかし、また呼び出されることは、藤吉も予想していたことだった。一昨日、中川家を訪ねた時点ではまだ藤吉も無垢《むく》だったのに、それが何となく分かったのは、やはり彼が天性持っていた才能というべきだろう。

「わかりました。すぐ伺《うかが》います」

藤吉は言い、店の戸を下ろそうとした。

「あ、あの、差し支えなければ私がお店番を。千織様からもそのように」

「そんな、お武家の方にそのようなことを」

女中とはいえ、鈴も武家の娘だ。おそらくは千織の実家の家来筋に当たるのだろう。

「いいえ、どうかさせてくださいませ」

鈴が必死に言う。確かに、それぞれの薬は値が書かれているし、効能も買う方が分かっていよう。症状を訴えて薬種を相談する客よりも、すでに知っている薬を買いに来る客が圧倒的に多いからだ。それに、ぼちぼち客が来るようになったとはいえ、忙しい店ではないのだ。

さらに鈴の懸命さを見ると、どうやら千織は鈴を外出させておきたい含みがあるように思われた。

「そうですか。では、お願いしましょうか」

藤吉は言い、下げようとした戸を再び上げて固定すると、鈴は嬉しそうに笑みを浮かべた。春の花のような笑顔に、藤吉は思わず胸を高鳴らせてしまった。

「はい、お任せくださいませ」

鈴は中に入ってきて、薬の並んだ棚を見回した。

「熱さましはここ、打ち身や傷薬はこの辺りに並んでおります。売り上げはここに」

「はい。承知いたしました」

藤吉の説明に、鈴はほんのり頬を紅潮させ、息を弾ませて頷いた。彼女なりに、初めての体験に胸が躍るのかもしれない。

もちろん鈴はまだ無垢だろう。淫気は全く感じられない。しかし彼女の甘酸《あまず》っぱい吐息を感じ、藤吉の方が勃起しはじめてしまった。こんな可憐な娘と恋仲になれたら、どんなに幸せだろうかと思う。まあ、武家の娘では、それは無理と諦めるしかないだろう。

「では行って参ります」

「はい。少々千織様がわがままを申し、長くお引き止めするかもしれませんが、どうかよろしくお願い致します。私は、藤吉様のお帰りまでお待ち申し上げますので」

鈴が恭《うやうや》しく一礼して言った。

（え？　淫気……？）

ふと、藤吉は鈴から漂う甘い匂いにそれを感じた。一合にも満たぬものであるが、あるいは彼女も、亭主を送り出す新造のような気持ちに一瞬なったのかもしれない。ままごとのような稚拙な感覚にしろ、それには藤吉に対する好意のようなものが含まれていた。

それとも、藤吉が淫気を覚えると、それが相手に伝達されるのかもしれない。

まだまだ彼は、自分のことも女のことも、良く分かっていないのだった。

とにかく藤吉は鈴に店を任せ、千織の元へ出向いた。

「御免くださいまし。丹波屋の藤吉でございます」

門から入り、玄関を開けて訪《おとな》うと、

「どうぞ、お上がりくださいませ」

奥から千織の返答があった。藤吉は上がり込み、彼女が寝ている奥の座敷に入ると、あらためて平伏した。

「お加減はいかがでございましょうか」

「お呼び出しして申し訳ありません。やはり薬よりも、藤吉どのにさすって頂くのが一番良いように思われます」

半身起こしていた千織は、言いながらすぐに横になった。室内には甘ったるく熟《う》れた女の匂いが籠もり、一昨日訪ねた時点では全くなかった淫気が、今は最初からすでに五合を超えていた。

「お鈴にもしてもらったのですが、やはり何か違います。どうか、今日は存分に」

「承知いたしました。私でよろしければいかようにも」

藤吉は言い、千織ににじり寄った。昨日イネの肉体で筆下ろしをしてから、藤吉は急に女に対する気後れというものが薄れつつあるのを感じていた。

やがて千織は、布団の上でうつぶせになった。藤吉は近づき、まずは彼女の肩から背中にかけて手のひらで圧迫し、時には両の親指の腹を押し付けはじめた。何度か彦十郎が按摩を呼んで揉ませたことがあったので、それを真似てみたのだ。

今日も彼女は薄物の寝巻き一枚だ。その薄布を通して、千織の滑らかな肌の弾力が手のひらに伝わってきた。

一昨日のように腰骨から尻にかけて移動していくと、次第に千織の肌が緊張し、呼吸も荒くなってきた。淫気は七合に達している。藤吉の推測では、女の淫気が八合を超えると、もう一切のためらいを捨てて後戻りできなくなるのだ。

「ああ……、いい気持ち……」

ふくよかな双丘を揉むと、千織がうっとりと言い、立ち昇る甘ったるい匂いが一段と濃くなってきた。

しかし、あまり感じる部分ばかり刺激すると、ぎりぎりのところでまた千織が怖くなって警戒し、中止してしまうかもしれない。やはりここは、イネに教わったとおり、他の部分をまんべんなく刺激する方が得策であり、そうした手間をかけることで、それこそ後戻りできないほど淫気が高まるというものだろう。

もちろん後戻りできないといっても、相手は武家の新造だ。藤吉に情交を求めることはないだろうが、せめて揉むだけで気を遣るぐらい高まってくれれば本望だった。

藤吉は尻から太腿へ移動し、親指ではなく手のひら全体で揉みはじめた。

太腿は肉づきが良く、何とも艶めかしい張りと弾力があった。彼女が快感を覚えているのは、熱く繰り返される息遣いで分かった。

さらに藤吉は、めくれた寝巻きの裾から覗いているふくらはぎにも触れた。じかに肌に触れるのは、やはり心地よく、それは千織も同じようだった。まして長く寝たきりだったから運動不足もあり、揉まれて刺激されるだけでも全然違うだろう。

脂《あぶら》の乗った肌を揉みほぐし、藤吉は彼女の足裏にも指圧を加えていった。

「ああ、そこ……」

千織が顔を伏せたまま言い、藤吉は念入りに足裏を揉んだ。そして彼女から見られていないのを良いことに触れるほど顔を寄せ、汗ばんで湿った足裏や爪先の匂いを、そっと嗅いでしまった。

気品ある武家の女でも匂いは濃厚で、藤吉は激しく勃起してきた。武家も百姓も同じ、それはイネの匂いに似て、しかも鈴が拭いているとはいえ長く湯屋にも行っていないから実に官能的な刺激があった。

爪は綺麗な桜色をし、踵《かかと》もイネほど硬くはないが、藤吉は舐めたい衝動を必死に抑えながら、両足ともまんべんなく揉んだ。特に指を、一本一本つまんだり爪を圧迫してやると心地よいようだった。

やがてうつ伏せの体勢に疲れたように、ゆっくりと千織が仰向けになってきた。もちろん気が済んだわけではない。むしろ身体の前面への刺激を望んでいるのだろう。すでに淫気は八合を超えている。美しい顔は上気して熱い息が弾み、それに合わせて豊かな胸乳が悩ましく起伏していた。胸元がはだけ、ややもすれば柔らかな膨らみから、桃色の乳輪までが覗けそうになっていた。

「どうか、続けてください……」

言われて、藤吉は彼女の脛《すね》を揉みはじめた。そして千織の淫気が九合目にまで達したとき、彼は思い切って提案してみた。

「あの、指では刺激が強すぎる場合があります。ものの本で読んだのですが、長く寝たきりだった方には、舌でご奉仕するのが良いと書かれていたのですが」

「え？　それは、舐めるということですか」

千織が驚いたように目を開いて言った。ふと我に返った警戒からか、びくりと肌が硬直し、淫気が一気に六合ぐらいに減った。

「は、はい。人の息と唾が、弱った肌には非常に良いとありましたが、もちろんお嫌であれば控えます」

藤吉も、警戒しながら言った。もし彼女が武家本来の自分を取り戻し、拒否反応を示したらすぐ中止しようと思ったのだ。しかし、僅かの間にも千織は舐められることを想像したのだろう、淫気はすぐ七合以上に戻っていった。

「しかし、私は昨夜お鈴に拭いてもらったきりなので、汚れております」

「それは構いません。外をお歩きになったわけではないので、少しも汚いことはありませんが」

「ならば、試してみてください……」

千織は言った。藤吉が淫らな気持ちで言ったのではなく、本心から彼女の身体を思い、持った知識を試そうとしていると思ってくれたようだ。それだけ、藤吉は外見が純真な子供に見えるから得をしているのだろう。

また、だからこそ千織も、藤吉に密かな淫気を向けても気づかれぬだろうと踏んでいるかもしれず、そうした子供相手の禁断の思いが、知らず知らずのうちに自分で淫気を高めているようだった。

「はい、では。お嫌でしたらいつでも仰ってくださいませ」

藤吉は興奮を抑えて言い、恐る恐る彼女の足首を両手で包み、持ち上げた。そして足裏に唇を押し当て、指の股に鼻を密着させて嗅ぎながら舌を伸ばしていった。

柔らかく、ほんのりしょっぱい足裏から指の股まで舐め上げていくと、

「あぁッ……！」

千織が驚いたように声を上げ、びくりと脚を震わせた。

「大丈夫ですか。もしご不快ならば」

「い、いえ……、藤吉どのこそ、嫌でなければ、そのまま……」

千織が声を震わせて言った。

藤吉は遠慮なく、イネに伝授された足舐めを開始し、全ての指を一本ずつしゃぶり、指の股にもぬるっと舌を割り込ませていった。

二

「アア……、なんて、くすぐったい……。でも、身体が宙に舞うような……」

千織が顔をのけぞらせて言い、藤吉にしゃぶられながら唾液にまみれた爪先を縮めた。

藤吉は、昨日イネにしたよりも念入りに、味と匂いが消え去るまで武家の新造の足を味わい、もう片方の足も心ゆくまでしゃぶり尽くした。

足を下ろすと、千織は忙しげに熱い呼吸を繰り返し、淫気は九合にまで高まっていた。

もう、このまま肝心な部分まで突き進んでも差し支えないと思われた。

藤吉は脛を舐め、徐々に寝巻きの裾を開いていった。肌はどこもすべすべと滑らかで、たまにびくっと震える反応が実に艶めかしかった。

「ああ……、どこまで舐めるのです……」

千織は目を閉じ、喘いで言いながら僅かに両膝を立て、無意識に開きはじめていた。

藤吉も激しく興奮しながら、徐々に舐め上げていった。

舌を這わせながら目を上げると、腰巻までがめくれ、白くむっちりした内腿と、その奥の暗がりまでが覗いていた。割れ目から白っぽい淫水が溢れている様子まではっきりと分かり、藤吉は早くそこにたどり着きたいと思った。

しかし焦ってはいけない。相手は武家の女だ。いつ淫気が消え失せて抵抗感が湧くか分からないので、慎重に両膝の間に顔を割り込ませていった。

内腿も、実に柔らかくて張りがあり、舐めているだけでも心地よい感触だった。

もちろん左右ともに均等に舌を這わせ、ゆっくりゆっくり中心部に向かっていった。

「あうう……、何だか、身体が宙に……」

千織がうわ言のように呟き、くねくねと腰をよじるたび、湿り気を含んだ熱気が、濃厚な女の匂いを含んで彼の顔に吹き付けてきた。

寝巻きも腰巻も完全に開かれ、美女の陰戸が藤吉のすぐ鼻先にまで迫っていた。

茂みは楚々《そそ》として実に柔らかそうだ。割れ目からはみ出す陰唇は、綺麗な薄桃色をしてイネより張りがある感じだった。

しかも透明だったイネの淫水と違い、下の方には白っぽく濁った蜜汁がべっとりとまつわりついている。色の違いは、おそらく体質によるものなのだろう。藤乃屋の春本にも、そのようなことが書かれていたと記憶していた。

まだ触れず、藤吉は内腿の付け根まで左右とも舐め、千織もこれ以上開かないというほど両腿を全開にしていた。

「アア……、は、恥ずかしい……」

千織はしきりに身悶えながら、息を弾ませて言った。しかし、もう拒む力も残っていないようだった。

藤吉は、内腿を舐めながら、ゆっくりと彼女の両脚を抱え上げて尻の丸みに舌を移動させていった。鼻先に、可憐な桃色のツボミがあった。藤吉は、とうとう尻の谷間の中心を舐めながら鼻を肛門に押し付けた。

秘めやかで生々しい匂いが馥郁と鼻腔に満ちてきた。これほど美しく気品ある武家の新造でも、ちゃんと用を足すのだ。そんな当たり前のことさえ、藤吉には新鮮で嬉しい発見に思えた。

細かな襞の震える肛門は、羞恥の震えを繰り返していた。たまに僅かに枇杷《びわ》の先のようにお肉を盛り上げ、磯巾着《いそぎんちゃく》のように小刻みな収縮をした。

舌先で、そっと肛門を舐めると、

「あッ……！　ど、どこを舐めているのですッ……」

千織が声を上げた。咎《とが》めるふうではなく、驚きによるものだった。おそらく亭主の重兵衛は、ここまでは舐めていないのだろう。

「ご不快なら止めますが」

「や、止めなくて良いのですが、しかし、そこは……」

千織が言いよどんだが、肉体の方は正直に反応し、淫水の量が急激に増して陰戸から肛門の方にまでとろとろと伝い流れてきた。

藤吉はゆっくりと彼女の脚を下ろし、肛門から淫水の雫《しずく》をたどりながら、とうとう割れ目に舌を這わせていった。生温かな淫水がぬらりと舌を潤わせ、濃厚な性臭が悩ましく鼻腔を満たしてきた。

「アア……、な、何をするのです……」

千織の声は心細げに弱々しくなり、淫気も完全にいっぱいに満たされたから、あとはもう藤吉のされるままだろう。

藤吉は、柔らかな茂みに鼻を埋め、何とも艶めかしい匂いを心ゆくまで嗅いだ。豊満で汗っかきのイネよりも、ずっと濃い匂いだった。やはり鈴が拭くにも、この部分は遠慮がちにしているのだろう。甘ったるい汗と刺激的な残尿、それに女特有の分泌物や千織本来の体臭が混合され、実に魅惑的な興奮剤となって藤吉の胸を掻き回した。

舌で陰唇を探り、徐々に中に差し入れていくと、熱くぬるっとした柔肉に触れた。下の方には膣口が息づき、細かな襞の舌触りが感じられた。

ぬめりをすくい取りながら、ゆっくりと舌先でオサネを舐め上げていくと、

「ああーッ……！」

千織が声を上げ、身を反らせてがくがくと震えた。

藤吉は、もがく彼女の腰を抱え込み、執拗《しつよう》にオサネを舐め、溢《あふ》れる淫水をすすった。淫水は淡い酸味を含み、オサネも包皮を持ち上げるようにつんと硬く勃起していた。

さらに藤吉は上唇で包皮を剝き、露出したオサネに強く吸い付きながら、舌先で弾くように舐めた。舐め方も、下から上に動かすばかりでなく、左右に小刻みに刺激したり、軽く歯を当てて固定したり、様々な愛撫をした。

「き、気持ちいい……、そこ、もっと……！」

千織が狂おしく身悶えながら口走り、新たな淫水を後から後から溢れさせた。

淫気も一升徳利から溢れ出し、それが藤吉の口から吸収されているようだった。

藤吉はオサネを舐めながら、指を一本膣口に押し込んでみた。

熱く濡れた柔肉は、ぬるっと滑らかに指を吸い込んでいった。内部の天井の膨らみを探り、圧迫するようにこすると、

「駄目、し、死ぬ……！　アアッ……！」

千織が身を反り返らせながら言い、いつしか彼女自身、はだけた胸に手をやりながら、形良い乳房を荒々しく揉みしだいていた。

そして跳ね上がる腰の動きが最高潮に達すると、

「く……！」

呼吸さえままならなくなったように千織が息を呑み、ひくひくと痙攣しながら、ぴゅっと大量の淫水を噴出させたのだった。

すると彼女の全身から急に硬直が解け、ぐったりとなってしまった。

淫気は満々のまま、どうやら気を遣った途端に気を失ってしまったようだ。

藤吉は口を離し、指を引き抜いて身を起こした。もう千織は、どこに触れても反応しなくなっていた。

「ち、千織様……、大丈夫ですか……」

少し心配になった藤吉は、彼女の裾の乱れを直してから身体を揺すってみたが、呼吸だけは忙しげに続いていた。

汗ばんだ胸元をはだけ、眼を閉じて喘ぐ顔は、欲も得もない菩薩《ぼさつ》のように清らかなものに思えた。指と舌だけでも、欲求が溜まりに溜まった女は、このように激しく気を遣ることがあるのだろう。しかも春本にあったような潮噴きまでしたのだ。

まあ、大事ないだろう。むしろ、気を遣ったことで心身ともに澱《よど》みが取り払われ、快方に向かっていくように思えた。

藤吉も淫気を激しく高めながら、そっと屈み込んで、露出している色づいた乳首にちゅっと吸い付いてみた。

「あッ……！」

千織が声を上げ、びくっと反応した。気を失っていたと思っていたものが、こんなに素早く動けるだろうかと思うほど、彼女はいきなり両手で彼の顔を抱きすくめ、自分の胸に押し付けていたのである。

「むぐ……」

顔中が柔らかな膨らみに埋まり込み、藤吉は心地よい窒息感に呻きながら、逆らわずに添い寝していった。

じっとり汗ばんだ胸の谷間や、寝巻きの内に籠もった熱気、とくに腋の下から漂う体臭は、やはり足や股間の刺激とは違う甘ったるく優しい匂いだった。

「ああ……、もっと吸って……」

千織はようやく力を緩め、藤吉の顔を抱きすくめながら囁いた。藤吉も、豊かで張りのある乳房に顔を押し付けながら、勃起した乳首を舐め、恐る恐るもう片方の膨らみにも手のひらを這わせた。

彼女の淫気は満杯になりながら衰えることもなく、悩ましい体臭とともに、甘くかぐわしい吐息が彼の鼻腔をくすぐっていた。

「子供の形をしているが、お前は、いったい何者なのです……。淫魔という妖怪がいると聞きますが……」

「ただの、薬種問屋の倅《せがれ》です……。子供のくせに生意気ですが、千織様の病は、溜まった淫気が澱んだための気鬱かと思われます。お舐めするだけなら手当ての一つとして、不義密通にはならないと思いますので、いつでもお呼び出しくださいませ……」

藤吉は、乳首から口を離して答えた。

すると千織が、いきなり身を起こし、上から近々と彼を見下ろしてきた。これも、今まで寝たきりだったとは思えない勢いだった。

「そう、交接さえしなければ、不義ではないのですね。私は病人で、これは治療なのですから……」

千織は確認するように甘い息で囁き、彼の股間に手を這わせてきた。

硬く勃起した一物が、下帯の上から握られた。

「やはり、お前は化け物の仲間ですね。子供が、このように大きなわけがない……」

千織は熱に浮かされたように言い、彼の帯を解いて着物を脱がせ、さらに下帯にまで手をかけてきた……。

三

「なんて、逞しい……。旦那様よりも、大きい……」

露出した肉棒を見下ろし、千織が目を見張って言った。藤吉は全裸で仰向けのまま、一転して受け身になり、美しい武家の新造に身を任せた。

自分からあれこれしているうちは積極的になれたが、いざされる側になると、急に激しい緊張と妖しい興奮が湧いてきた。考えてみれば、自分はまだ十七になったばかりで、しかも起きるようになって一年余り、知った女体は義母のイネとの一回きり、その筆下ろしも昨日だったのだ。

本ばかり読んで耳年増になっていたが、実際はまだ何も知らぬ子供と同じであり、しかも相手は、本来なら触れることの許されぬ武家の女なのである。

しかし淫気を満たした千織は、熱い眼差しを彼の肉棒に注いでいた。

両手で押し包むように一物を支え、硬度を確かめるように揉みながら、彼の股間に熱い息を吐きかけてきた。

まだ初々しい光沢を放ち、張り詰めた亀頭の先端、鈴口からはじくじくと透明な粘液が滲《にじ》んでいた。彼女は亀頭から幹の付け根まで触れ、ふぐりを手のひらに包み込んで睾丸を確かめ、袋を持ち上げて肛門の方まで覗き込んできた。

おそらく千織は、夫の重兵衛しか知らないのだろう。そのため、他の男がどのようであるか観察しているようだった。

そしてとうとう、千織は肉棒に頬ずりをし、その花のような唇を亀頭に押し当ててきたのだった。

「あ……」

藤吉は驚き、思わず声を洩らして一物を震わせた。

淑《しと》やかな武家の女が、口で肉棒を愛撫するのかどうか、それは知らない。あるいは重兵衛が求め、少しぐらいなら体験しているかもしれないが、それを町人の藤吉に施すということは、これはもう不義に匹敵する行為だろう。

しかし淫気が満々の千織は、もう欲望以外何も考えられず、目にも入らず、尺八とか雁が音とか言う行為があることすら知ってか知らずか、ただ本能の赴くまま無意識に舌を這わせはじめていた。

意外に長い舌が、幹の裏側をぺろーりと舐め、特に先端は念入りにしゃぶり、さらに小さく上品な口を精一杯丸く開いて亀頭を含み、そのまま喉につかえるほど深々と呑み込んでいった。

「ああ……、千織様……」

藤吉は快感に身悶えながら喘いだ。

黒髪を長く振り乱した美女が、はだけた白い寝巻きから乳房をはみ出させ、一心不乱に肉棒をしゃぶる姿は、それこそ妖怪のようにさえ思えた。

温かく濡れた口の中で、ちろちろと長い舌がからみつき、たちまち肉棒全体は武家女の清らかな唾液にどっぷりと浸った。

そして藤吉が高まると、その前に彼女はすぽんと口を離し、もどかしげに乱れた寝巻きや腰巻まで取り去りながら、仰向けの彼の股間に跨《またが》ってきたのだ。幹に指を添えて先端を濡れた陰戸に押し当て、挿入しようとした。

「い、いけません……、千織様……」

「良いのです。お前は子供の形をした化け物ですから、不義には当たりません」

千織は目を爛々《らんらん》と輝かせて言い、肉棒を受け入れながら、ゆっくりと腰を沈み込ませてきた。たちまち、張り詰めた亀頭が潜り込み、あとはぬるぬるっと滑らかに吸い込まれていった。

「アアッ……！」

千織が完全に座り込みながら、顔をのけぞらせて喘いだ。

藤吉も、激しい快感に息を詰めた。熱く濡れた柔肉がきゅっと一物を締め付け、股間に彼女の温もりと重みがかかった。陰戸は深々と肉棒を呑み込んで、さらに吸い付くように密着した。

さすがに狭く、奥へ行くほど燃えるように熱かった。彼女の淫気の脈動が、どくどくと体内から肉棒の先端に伝わってくるようだ。

「き、気持ちいい……」

千織は上体を反らせ、彼の胸に両手を突いたままじっとしていた。豊かな乳房が揺れ、張り詰めた下腹も悩ましくうねっていた。

やがて彼女は何度か腰を上下させたが、とても身を起こしていられなくなったように重なり、今度は肌全体をこすり付けるような前後運動になった。

藤吉も下からしがみつき、彼女の動きに合わせて股間を突き上げた。大量に溢れる淫水が互いの股間をびしょびしょに濡らし、そのぬめりで律動は実に滑らかだった。

「ああッ！　も、もう駄目……」

千織が狂おしく股間を押し付け、藤吉の耳元で喘いだ。同時に、がくがくと激しい痙攣を起こして悶えながら、膣内を実に悩ましく収縮させた。

とうとう藤吉も絶頂に達し、ありったけの精汁を噴出させた。そして千織にしがみついたまま伸び上がり、強引に唇を重ねてしまった。

「ンンッ……！」

彼女も拒まず、熱く甘い息を弾ませながら呻き、自分からもぐいぐいと強く押し付けてきた。

藤吉は、快感に身悶えながら舌を潜り込ませ、千織の歯並びを舐めた。すぐに彼女も前歯を開いて受け入れ、自分の舌をからみつけてくれた。

絶頂の最中に、武家の美女と口吸いをするのは何とも夢のような心地だった。

甘く濡れた舌は柔らかく滑らかで、流れ込んでくる温かくとろりとした唾液で喉を潤した。藤吉は彼女の舌に吸い付き、かぐわしく湿り気ある息を嗅ぎながら、最後の一滴まで放出した。

「アア……」

ようやく唇を離し、千織が狂おしい身悶えを止めてぐったりと体重を預けてきた。藤吉も、千織の上品な匂いに包まれながら、うっとりと余韻に浸った。

「とうとう、してしまった……」

千織が、脱力しながら小さく呟いた。

「一昨日、初めて会ったときから、藤吉どのが可愛ゆくてならず、何となくこうなる気がしていました……」

「どうか、藤吉と……」

「藤吉……」

千織は囁き、まだ満足しきらないように、今度は自分から熱烈に唇を重ねてきた。

彼女の淫気は、まだ満々になっているままだ。一度や二度の絶頂では、平常値に戻らないのかもしれない。

これほど人並み外れた淫気の持ち主でありながら、武家に生まれ慎ましやかな生活を強いられてきたのだから、ずいぶんと無理をして辛かったことだろう。まあ、だからこそ自身の制御も利かず、寝込むことになってしまったのだが。

一息つくと、千織は舌をからめながら、密着したままの股間を再びうねうねと蠢《うごめ》かしはじめた。陰戸に深々と治まっている一物も、まだ萎えていない。藤吉も続けてできるだろうから、二人はまさに抜群の相性。出会うべくして出会った絶倫同士の男女なのかもしれなかった。

「あうう……、ま、またいきそう……」

千織が声を上ずらせて言い、しきりに股間を押し付けてきた。

「お願い。藤吉、上になって……」

千織が言い、抜けないように気をつけながら身体を横たえてきた。藤吉も、挿入したまゆっくりと身を起こしていった。

やがて千織が下になって横向きになると、上体を起こした藤吉は彼女の下になった脚を跨いで、さらに上になった脚に両手でしがみついた。これだと股間のみならず、彼女の両の内腿全体まで密着して心地よかった。

そして本格的にずんずんと腰を突き動かしはじめると、すぐにも新たな淫水が大量に溢れ、ぴちゃくちゃと卑猥な音を響かせた。

「ああッ……、いいわ。もっと奥まで、深く突いて……！」

千織が喘ぎ、きゅっきゅっと藤吉自身を締め付けてきた。

彼も次第に勢いをつけて動いた。ふぐりが千織のむっちりした内腿にこずれ、一物だけでなく、まるで下半身全体で交接しているようだった。

彼女も、初めての体位が刺激的だったようで、すぐにも絶頂の痙攣を起こしはじめた。

「アアーッ……！　すごい、とろけてしまいそう……」

千織は声を上げ、自ら乳房を荒々しく揉みながら気を遣った。

少し遅れて藤吉も昇りつめ、二度目ながら大量の熱い精汁をどくんどくんと勢いよくほとばしらせた。

「ああ……、気持ちいい、もっと出して、藤吉……」

千織は噴出を感じ取り、それを飲み込むように膣内を収縮させながら口走った。

やがて藤吉は出し切り、今度こそ大きな満足とともに力を抜いた。千織も、さすがに精根尽き果てたようにがっくりと身を投げ出し、しばらくは魂まで抜けてしまったように放心していた。

ようやく藤吉は、そろそろと身を離し、懐紙で彼女の割れ目を拭い、自分の一物も処理してから添い寝した。

「また、来てくれますね……」

「ええ、もちろんです」

「せっかく店をはじめたばかりなのに世話をかけますが、遠慮なくお鈴を店番に使ってくださいな……」

まだ荒い呼吸とともに言う千織の淫気は、やっと五合を下回り、すっかり落ち着いたようだった。そして顔色も、前にも増して見違えるほど良くなっていた。

四

「やあ、ここで店を開いていたのか。すっかり元気になったようで何よりだ」

翌日、二人の男女が藤吉の店を訪ねてきた。

「これは田崎《たざき》様。お世話になっております」

藤吉は立ち上がって辞儀をした。

この二十代半ばの侍は田崎悠吾《ゆうご》、この近くの裏長屋で子供相手に手習いの師匠をしていた。そればかりでなく、友人の源太《げんた》とともに丹波屋に出入りし、地方へ薬草を採りに行く使用人を野盗から守る用心棒も務めていたのだった。

一緒に来た同年輩の女が、彼の妻、志乃《しの》だろう。

「源太さんもお元気ですか」

藤吉は、二人を中に招き入れながら言った。

「ああ、源太はいま光《みつ》を連れて上総《かずさ》に帰っている。呉服問屋をしている父親が死んだという知らせが来たので、家のことなどいろいろあるのだろう。だが間もなく江戸に戻ってくるはずだ」

「そうでしたか」

確か、悠吾も源太も、そして志乃も光も、みな上総の人間なのだ。光も家族がいるだろうから、久しぶりに故郷の様子などを見に行ったのだろう。

しかし、悠吾と志乃は国許に帰れないという事情があり、さらに悠吾が藤吉の義母イネと関係していたということなどは、藤吉は何も知らなかった（「はだいろ秘図」参照）。

「これを」

志乃が菓子折りをくれた。有名な船橋《ふなばし》屋の羊羹《ようかん》だ。

「恐れ入ります。こちらからご挨拶に伺わねばなりませんのに」

藤吉は志乃に頭を下げ、その安定した物腰と整った顔立ちを見た。丁織より、さらに落ち着いた年齢であり、脂の乗った熟れ具合が実に色っぽかった。

（え？　淫気……？）

藤吉は、ふと、志乃の放つ甘ったるい匂いに淫らな気を感じ取っていた。それは六合ほどもある量で、もちろん初対面の藤吉ではなく、夫の悠吾に向けられたものだろう。

「実は、丹波屋さんの使いで、明日から青梅《おうめ》に行くことになったのだ」

悠吾が言う。

「そうですか。済みません。人使いの荒い親父で」

藤吉は答えながら、それで志乃は今日、明日から留守になってしまう悠吾と存分に情交しようと思い、昼間から淫気が高まっているのかと納得した。こんなに美しく淑やかに見えても、内心は激しい欲求の持ち主だということが、藤吉には手に取るように分かってしまうのだった。

そこへちょうど庄助が来たので茶を淹《い》れてもらい、もらった羊羹を切った。

「一人ではお食事の仕度も大変でしょう。今度何かお持ちしますね」

志乃が言ってくれ、やがて二人は帰っていった。悠吾たちの裏長屋は、ここから一町（百九メートル強）という近さだった。

そして一緒に昼餉を終えると庄助も帰り、入れ代わりに、十歳ばかりの子供を連れた武士の客がやってきた。

「おお、おぬしは」

見れば、湯屋で会った剣術道場の主、近藤周助ではないか。

「いらっしゃいませ」

「なあんだ、丹波屋さんの息子であったか。そういえば寝たきりの伜がいると聞いていたが、それがおぬしだったのだな。いや、元気になって何より」

「有難うございます。藤吉と申します」

どうやら近藤は、浅草の店を知っているようだった。

「では打ち身に効く膏薬を山ほどと、腹痛止めの薬を所望。ここのところ門人が増えて、泊り込む奴らまでいて大変なのさ」

近藤が屈託のない笑顔で言った。藤吉は、準備する間二人を中で待たせ、少年には羊羹の余りを出してやった。

「頂戴いたします」

少年は礼儀正しく言い、嬉しそうに羊羹を口に入れた。顔が四角く、実に口が大きく立派な面構えをしている。

「これは調布《ちようふ》から呼んだ勝太《かつた》といって、なかなかに剣の筋が良いのだ」

近藤が、愛しげに勝太少年の仕草を眺めながら言った。

「いずれ養子にもらえれば、天然理心流の四代目を継がせたい。その折は、勇《いさみ》と名づけようと思っている」

「そうですか。楽しみですね」

藤吉は如才なく言い、やがて膏薬と煎じ薬をまとめて包み、近藤に渡した。

「では、藤吉どのは玉栄先生もご存知か」

「はい、可愛がってもらっております」

「そうか。今夜、知り合いを集めて飲み会をするらしい。わしも行くが、よろしかったら一献《いっこん》傾けようではないか」

近藤は言って代金を払い、勝太少年と帰っていった。

すると今度は、また鈴がやってきた。

「お世話になっております。おかげさまで、千織様は、人が違ったようにお元気になられました。昨夜は起きて夕餉も召し上がられ、私もとても喜んだのですが」

鈴は言いながら、次第に顔を曇らせた。

「なにか」

「はい。寝しなに身体をお拭きしましたところ、その、申し上げにくいのですが……」

鈴が言い澱むので、とにかく店の外ではなく、中に入って座らせて冷えた茶を出してやった。

「さあ、どうか何でもお話ししてください」

鈴が少し落ち着いたようなので、藤吉が促すと、ようやく彼女も重い口を開いた。

「その、濡れた手拭いでお身体をお拭きしましたところ、昨夜はいつになく、あの、脚の間を念入りに拭くよう申し付かりました。すると、奥から白い液が大量に」

鈴は、頬を真っ赤にさせて何とか報告した。

「なるほど。それは、長くご亭主と離れているから、拭いてもらった刺激で思わず溢れた淫水ではないかと」

この慎ましやかな美少女に理解できるかどうか分からなかったが、藤吉は至極真っ当な意見を述べた。

「い、いえ……、それとは違います……」

「ということは、淫水はご存知？」

「それぐらい……、承知しております……。前にもお拭きしているとき、千織様がうっりと声を上げられ、白っぽい汁を漏らしたことはあるのです……」

聞きながら、藤吉は激しく勃起してきてしまった。どうやら千織は、何でも自由になる同性の鈴に対しても、淫らな刺激を要求したことがあったのだ。

しかも、そのときの千織の淫気を、鈴も感じ取っていたのだろう。それを思い出した鈴からも今、可愛らしく甘酸っぱい吐息とともに微かな淫気が漂った。もちろん一合にも満たぬ、微量なものではあるが、藤吉を興奮させるには充分だった。

「なるほど」

「しかし今度のは、それとは、量も匂いも違いました。私は、病が進んで膿《うみ》でも出たのではないかと心配で心配で……」

鈴は心から心配そうに言った。

藤吉は、胸を高鳴らせながら頷いた。それは、当然ながら他でもない、この藤吉が二回放った大量の精汁に違いなかった。

まあ、まだ無垢な鈴が精汁を知らないのも無理はない。多少の知識があったにしても、千織が重兵衛以外の男と交接するわけがないと信じているだろうし、彼女のそばに四六時中一緒にいる鈴が、気づかぬはずはないのだ。

唯一の可能性があるとすれば、鈴の不在中に屋敷に入った藤吉であるが、それこそ武家の鈴からしてみれば、町人の彼は最も千織の不義の相手として考えられないだろう。十七歳とはいえ藤吉の見た目は子供だし、まして千織が安易に彼と関係を持つはずもない。藤吉が無理やりしたのであれば、千織の様子に異変があってもおかしくはないのに、彼女は普段どおり、むしろ血色も良くなっていたぐらいだ。

だから、鈴は微塵も藤吉に疑いはかけていないだろう。

そこまで推測して考えすぎなくても、おそらく鈴は何も考えず、単に千織の身体を心配しているだけなのだろうと藤吉は思った。

「それで、今日は？」

「はい。昨夜はあんなにお元気になられたのに、今朝になるとまた臥せってしまい、どうにも藤吉さんに来て頂きたいと仰っております。毎日で申し訳ありませんが、今日も診に行って頂けますでしょうか」

鈴が済まなそうに言う。

「承知しました。では、お店の方をお願いできますか」

「はい。どうぞお任せくださいませ」

鈴が頷くので、藤吉は立ち上がった。いそいそとした仕草は見せず、もっともらしく幾つか薬を選んで持ち、やがて鈴に店番を頼んで出て行った。

おそらく今朝になって千織が臥せってしまったのは、藤吉を呼ぶための演技であろう。

彼は途中から急ぎ足になっていた。やはり、自分自身も淫気が満々だし、美しい武家の新造というだけで気が逸《はや》るのである。

中川家に着き、玄関を開けて声をかけると、何とすぐに、千織が立って出迎えてきたではないか。今日も黒髪を長く垂らし、白い寝巻き姿であるが、顔色も日に日に良くなっていた。

「ようこそ。どうぞお上がりくださいませ」

「起きていらっしゃったのですか」

「いえ、ちょうどいま厠《かわや》へ立つところです。付き添って頂けますか」

千織が言うので、藤吉は上がり込んで彼女の身体を支えた。すでに淫気は満杯になっており、身を寄せると甘ったるく漂う芳香に、藤吉も激しく勃起してきた。

五

「どうか、中にも……」

厠の戸を開けると、千織は藤吉の手を離さずに言い、彼も仕方なく一緒に入った。

長屋の共同の厠と違い、浅草の実家にあるような落ち着ける厠だった。

おそらく鈴が毎日丹念に掃除しているのだろう。床も清潔で、今は長く亭主も不在だから、漂う香気が全て千織と鈴だけのものと思うと、いよいよ妖しく彼の股間は疼《うず》いてしまった。

しゃがみ込む千織を支え、寝巻きの裾をめくってやった。

彼女も、本当は一人で充分に用が足せるほど回復しているのだが、ちょうど藤吉が来たため甘えているのだろう。それに、あえて恥ずかしい部分を見られることに、激しい興奮を得ているのかもしれない。

藤吉も一緒にしゃがみ込んで見ると、薄暗い中に千織の白く丸い尻がぼうっと浮かび上がった。

「さあ、いいですよ」

「ああ……、恥ずかしい……」

自分から誘ったのに、いざ出す段になると千織は羞恥に息を弾ませた。絶大な淫気に突き動かされたものの、さすがに武家女としての最後のためらいが生じたのだろう。

それでも尿意には勝てず、間もなくちょろちょろと軽やかなせせらぎが聞こえてきた。

藤吉が目を凝らして見ると、明かり取りから射す微光に一条の流れがきらきらと輝いていた。何と綺麗なものだろう。あるいは、美しい武家の女は出るものすら違うのかもしれない。彼はそれを舐めてみたいとさえ思った。

流れは、やはり筒のある男と違い、主流の他に幾つかの支流が拡散していた。あるものは、しゃがみ込んだため、むっちりと張り詰めた尻や内腿に伝い、また他のものは肛門の方にまで流れてぽたぽたと滴った。

やがて勢いの良かった流れも治まり、千織が小さく息を吐いた。

「藤吉、拭いて……」

言われて、藤吉は紙を取り、彼女の股の下に当てた。あとで舐めたいので、軽く拭くだけにして紙を後架《こうか》に落とし、興奮にすっかり力が抜けた千織を引き立たせた。

そして布団の敷かれた座敷に連れて行き、横たわらせた。

「お鈴さんが心配してました。股から汁が出ていたので病気ではないかと」

「それは、お前がしっかり拭いてくれなかったからです」

「はあ、済みません」

「今日は、ちゃんと拭いてくださいましね」

千織が、熱っぽい眼差しで彼を見上げて言い、横になったまま寝巻きの帯を解きはじめた。藤吉も手早く着物を脱ぎ、腰巻まで取り去る彼女を見ながら、自分も下帯まで外してしまった。もう、あとは言葉など要らないだろう。

全裸になった藤吉は、やはり一糸まとわぬ姿になった千織に迫った。最初は、イネに教わったとおり足の裏からだ。

屈み込んで舌を這わせ、今日も馥郁たる匂いを籠もらせる指の股にも、まんべんなくしやぶりついた。

「アア……、いい気持ち……」

千織がうっとりと息を吐きながら言い、藤吉は両足とも存分に舐めてから、大きく開かれた脚の内側を舌でたどっていった。

白く滑らかな内腿を舐め、時には軽く歯を当てて刺激して両側とも愛撫しながら、やがて女の匂いを濃厚に籠もらせる股間に顔を寄せていった。割れ目からは、すでに大量の淫水が溢れ、指で陰唇を広げると、膣口の周りには白っぽい粘液が艶めかしくまつわりついていた。

顔を埋め込み、柔らかな茂みに鼻をくすぐられながら、藤吉は濃厚な女臭で胸をいっぱいに満たした。そして舌を這わせ、ねっとりと生温かく溢れている淫水をすすり、柔肉とオサネを舐め回した。

「ああン……、いいわ、もっと舐めて……」

千織はすぐにも熱く喘ぎはじめ、自分で豊かな乳房を揉みはじめた。そして量感ある内腿で、きつく彼の顔を締め付け、張り詰めた下腹をひくひくと波打たせた。

汗の匂いの中に、出したばかりの新鮮なゆばりの香りが混じっていた。味もいつになく濃いのは、淫水にある程度のゆばりが混じっているからだろう。

藤吉は念入りにぬめりを舐め取り、上唇で包皮を剝いて露出したオサネを舌先で弾くように舐め続けた。さらに両足を浮かせ、前の穴とは違う秘めやかな匂いを籠もらせる肛門にも鼻や口を押し付け、心ゆくまで味わった。

そして可憐な肛門の味も匂いも消え去るまで舐め尽くすと、再び淫水をすってオサネに吸い付いた。

「ああッ……、お前のも、舐めたい……！」

千織が言うと、藤吉は彼女の割れ目に顔を埋め込んだまま、ゆっくりと身体を横向きにさせ、自分も身を反転させて股間を寄せていった。

たちまち彼女も藤吉の股間を抱き寄せ、一物にしゃぶりついてきた。

やがて二人は、互いの内腿を枕にして股間に顔を埋め、最も敏感な部分を貪《むさぼ》り合った。

藤吉がオサネを強く刺激すると、

「ンンッ……！」

千織も彼の股間に熱い息を籠もらせながら呻いて、ちゅっと反射的に強く亀頭に吸い付いてきた。

彼女は喉の奥まで肉棒を頰張り、たっぷりと唾液をまつわりつかせ音を立てて吸った。

藤吉も最大限に高まり、必死に暴発を堪えながらオサネを舐め回し続けた。

　すると、先に降参したように千織がすぽんと一物から口を離した。

「い、入れて……」

　言われて、藤吉も彼女の股間から顔を離して起き上がった。すると千織がうつ伏せになり、四つん這いになって白く豊かな尻を突き出してきたのだ。

「お願い、後ろからして……」

　顔を伏せたまま千織がせがみ、藤吉は激しく高まった。

　誇り高い武家の女が獣のように尻を向け、完全に無防備な体勢を取ったのだ。

　藤吉は膝を突いて股間を進ませ、後ろから肉棒を突きつけていった。尻の谷間の少し下に、ふっくらと丸みを帯びた桃色の濡れ饅頭が覗いている。

　その割れ目に亀頭を押し当て、柔らかな尻を抱えて押し込んでいった。

　ぬるっと亀頭が入ると、あとは吸い込まれるように滑らかに入った。

「あう……！」

　うつ伏せの千織が呻き、尻をくねらせて根元まで受け入れた。

　藤吉は完全に深々と押し込み、上体を起こしたまま、きゅっと締め付ける感触と熱いほどの温もりを味わった。

　強く股間を押し付けると、尻の丸みが下腹部に当たって弾み、何とも心地よかった。内部に触れる柔襞も、本手（正常位）とはまた違った新鮮な感覚があった。

やがて待ちきれないように千織が腰を前後させはじめ、それに合わせて藤吉も律動を開始した。

動くたびに溢れた蜜汁がくちゅくちゅと鳴り、揺れてぶつかるふぐりをぬめらせた。

藤吉は勢いをつけて動きながら、彼女の汗ばんだ白い背に覆いかぶさっていった。そして両側から回した手で、たわわに実った豊乳を揉み、長い黒髪の甘い匂いを嗅ぎながら動きを速めていった。

「い、いく……！」

千織が口走り、膣内を悩ましく収縮させはじめた。両膝も立てていられなくなり、彼女はゆっくりと腹ばいになって脚も伸ばした。藤吉も同じように全身を重ね、尻の丸みのみならず太腿から背中まで全て密着したまま動いた。

「お、お願い……、口を……」

千織が喘ぎながら振り向き、藤吉も伸び上がって甘い匂いを放つ口を求めた。

舌をからめ合いながら動き続けると、

「アアーッ……！」

たちまち千織が口を離して、がくんがくんと狂おしい痙攣を起こしはじめた。

同時に藤吉も、宙に舞うような大きな快感の津波に巻き込まれ、ありったけの熱い精汁をほとばしらせてしまった。

「ヒイッ……！　感じる、熱いわ、すごい……」

千織は口走りながらくねくねと腰をよじって身悶え、藤吉も最後の一滴まで心置きなく放出し尽くした。徐々に動きをゆるめ、藤吉が彼女に体重を預けてゆくと、千織も力を抜いてぐったりと手足を投げ出した。

「なんて、気持ちの良い……。もう私は、お前に夢中です……」

千織が、熱く甘い呼吸を繰り返しながら言った。

「でも、そろそろお元気になられたのなら外にも出ませんと……」

「いや。良くなると、お前を呼ぶ口実がなくなります……」

千織は、思い出したようにきゅっきゅっと肉棒を締め付けながら、駄々をこねるように言った。

そして重なっているうち、またすぐにも彼女の淫気が満杯になってゆき、治まりかけた呼吸も荒くなってきてしまった。どちらにしろ、一度きりでは満足できないのだろう。

それは藤吉も同じであり、彼はまた千織の高まりの回復に合わせて、小刻みに腰を突き動かしはじめていった。

「ああ……、また身体が宙に……」

千織が声を上ずらせて言い、尻をくねらせはじめた。そして再び引き抜けないように注意しながら、今度はゆっくりと仰向けになっていった。

藤吉は本手の体勢に戻り、屈み込んで乳首を吸いながら、また忙しげな律動を開始していくのだった……。

第三章　美少女の初々しき蜜汁

一

「おお、帰ってきたか。頑張っておるなあ」

藤吉が、千織の家から店に戻ると、何と玉栄が遊びに来ていた。どうやら持ち前の気さくさで、すっかり鈴と打ち解け、笑わせていたようだ。

「これは、ようこそ。御用ならこちらから出向きましたのに」

藤吉は店に入り、玉栄に挨拶した。鈴は、ちゃんと彼に茶と羊羹を出してくれていた。

「お鈴さん、お世話をかけました」

「いいえ。済みません。勝手に厨《くりや》をいじりました」

鈴が言い、店番の間の売り上げを報告して帰り支度をした。

「何だ、帰ってしまうのか。お鈴さんは、藤吉の嫁ではなかったのか」

「いやですわ、玉栄先生。ご冗談ばっかり……」

「何の、冗談ではない。これからは武家も町人もないぞ。好き合ったら一緒になれば良いのだ」

「そんな……」

彼の言葉に、鈴は真っ赤になって言い、その恥じらいの仕草が何とも可憐だった。やがて彼女は、二人に一礼して中川家に帰っていった。

「ありゃあ、お前さんに気があるな。藤吉も店番を頼むぐらいだから、まんざらでもなかろう。でも、歳の割りに幼いから、まだ淫気は感じられまい」

玉栄は鈴の後姿を見送って言い、冷えた茶をすすった。

「はあ、でも中川家の女中とはいえ、彼女も武家ですから」

「そんなこたあ気にせんでいい。現に、お前さんは中川のご新造の身体を揉みに行っているのだろう。それだけじゃあるまい」

玉栄が意味ありげな笑みを浮かべ、藤吉はうろたえた。

どうやら彼は鈴からあらましを聞き、淫らな推測をしていたようだった。まあ、彼ほど長く艶めいた世界にいれば、それぐらい分かってしまうのだろう。第一、まだ未熟な藤吉でさえ、初対面で千織の病の原因を欲求不満と見抜いたのだから、玉栄ぐらいになれば離れたところから話を聞くだけで、全てお見通しのようだった。

「で、どうだ。やっぱり岡場所など行かなくて良かっただろう。最初の相手は誰で、どんな様子だった？」

　玉栄に訊かれ、藤吉は正直に義母のイネとの筆下ろしを話した。もとより彼のことは信用しているし、今後とも適確な助言がほしかったからだ。それに自分の体験をもとにした話を、玉栄がどのような春本にするのかも興味があった。

「そうか、あのおイネさんが最初か。なさぬ仲とはいえ、母と息子というのは実に興奮をそそる出来事である。それで、中川家のご新造は」

「はい、これが実に淫気の塊のような方でして……」

　問われるまま、藤吉は千織のことも洗いざらい話した。

「そうか！　ううむ、すごい。おイネさんの場合は、彼女の方から淫気を向けてきたのだろうが、そのご新造は、自身の気鬱を淫気とは思っていなかっただけに、悦びに目覚めれば治りも早かろう。それもこれもお前さんの、相手の淫気を察する能力があってこその結果だな。実に羨ましい」

　玉栄は言い、何度も頷いた。

「とにかく、おイネさんやそのご新造と何度もして、女の体をよおく知ってから、お鈴ちゃんに手を出すと良い。生娘も、これまた良いものなのだ」

彼は言うと、やがて立ち上がった。

「さあて、帰るとするか。ときに、酒の方はどうだ」

「はあ、あまり飲めませんが」

「そうか。近藤さんから聞いているかと思うが、今夜そこの『若竹《わかたけ》』で七ツ半（午後五時頃）から飲み会をする。良かったら来てくれ。色気はないが、男ばかりの気楽な集まりだからな」

「はい、では伺《うかが》います」

藤吉が言うと、玉栄は帰っていった。

もう間もなく夕七ツ（午後四時頃）だ。客も来ないので藤吉は店じまいをし、戸締りをして湯屋に行った。そして湯から上がって小ざっぱりすると、そのまま近くにある料亭『若竹』に出向いた。

「おお、来たか。こっちへ座れ」

二階の座敷に案内されると玉栄が言ってくれ、藤吉は席についた。すでに玉栄の知り合いたちが揃って一杯はじめていた。

藤吉が知っているのは、玉栄の他は近藤周助と田崎悠吾だけだ。それ以外の人たちは玉栄が紹介してくれた。

「このご老人は、有名な絵師、葛飾北斎《かつしかほくさい》先生だ」

「え……？　あの富嶽《ふがく》三十六景や北斎漫画の……」

藤吉は驚いて、上座に座っている八十代半ばの大柄な老人を見た。彼は甘党らしく、酒は飲まずに鰻《うなぎ》や卵焼きばかり食っていた。

「こちらも絵師の、渓斎英泉《けいさいえいせん》先生だ」

玉栄は、北斎の隣に座っている五十代半ばの男を紹介した。これも多くの春画をものにした人物で、特に玉栄は大きな影響を受けたという。

その向かいに四十前後の暗い顔をした男がいた。これも絵師の雰囲気を持っているが、どこかで見た顔だと思ったら、湯屋の番台に座っていた男ではないか。どうやら湯屋の婿養子で、名は巳之吉《みのきち》。以前は玉栄の元で絵を手伝っていたようだった。

さらにもう一人、二十代半ばの御家人ふうだが、話を聞くと人形作りを内職とし、絵も描くという男だ。名は村上宇兵衛《むらかみうへえ》。

「さあさあ、これでみな揃った。いずれも女色《によしよく》に関してはそうそうたる手練《てだ》ればかり、楽しくやろう」

玉栄が音頭を取り、皆は歓談しながら料理に手をつけた。

藤吉も、浅草の実家で何度か庄助たちと盃を酌み交わしたことはあったが、あまり強くはない。

　やがて宴なかばにして、悠吾が立ち上がった。

「では、私はこれにて。明日から青梅へ行かねばなりませぬゆえ」

「まだ良いではないか」

　近藤が引きとめたが、

「あはは、邪魔しちゃいけない。今夜は恋女房としっぽり濡れるんだから」

　玉栄が言い、照れる悠吾を皆が笑って送り出した。

　藤吉は見送りながら、悠吾がそれほど志乃との情交を楽しみにしているとは思えなかった。昼間見た志乃の淫気は満々だったが、やはり男の方は一緒に暮らしていると、そうそう同じ女に淫気を向けるのは難しいのかもしれないと思った。

「さて、ご馳走になった。わしもそろそろ帰ろう」

　北斎が、英泉に支えられて、どっこらしょと立ち上がった。酒を飲まない彼は料理だけで充分であり、老人だけに夜は早いのかもしれない。

「はて、わしの家はどこだったかな」

　北斎が言うので、英泉が送ってやるらしく一緒に出て行ってしまった。

「あれは呆《ぼ》けているわけではない。北斎先生はな、もう九十回以上も引越ししているからすぐに今の家を忘れるだけなのだ」

「ははあ、九十回もですか……」

玉栄の言葉に、藤吉は驚いて言った。

やがて残ったもので話をし、料理を片付けると、藤吉は玉栄に礼を言って座を辞した。

もう六ツ半（午後七時頃）をまわっている。

さして飲んでいないのでほろ酔いにもならないが、気分が良いのでぽっかり浮かんだ満月を眺めながら、ゆっくりと歩いた。

何しろ、浅草の実家にいるときは会う人もみな父彦十郎の関係者ばかりだったが、今は独り立ちし、親の威光ではなく自分で知り合った人たちとの交遊が持てはじめたことが嬉しかったのだ。まあ、大部分が丹波屋に縁を持ったものだったが、それでも皆、彼を丹波屋の倅ではなく、一人の藤吉として扱ってくれた。

家へ戻ると、藤吉はふと、玄関脇に人が佇んでいるのを見つけた。

「おや、お鈴さんではないですか……？」

「あ、藤吉さん……」

鈴は顔を上げ、すっかり泣き腫《は》らしている目を向けた。

「どうしたのです。まあ話は後だ。お入りください」

藤吉は戸を開け、彼女を中に入れて戸締りをした。まずは水を飲ませて落ち着かせ、行燈に灯を入れて上がらせた。

「千織様の勘気《かんき》に触れて、お暇を出されてしまいました。家に帰ることもならず、どうしようかと思い……」

鈴が、また涙ぐみながら訥々と話しはじめた。

「お暇って、どうなさったのです」

「夕餉のあと、また身体をお拭きしていたら、どうにも千織様の息が弾《はず》み、その、淫水が大量に溢れ……、それを私に、舐めろと……」

「そ、それは……」

藤吉は、驚きながらも艶めかしい気分になってきてしまった。女同士の行為など、春本の世界だけのことかと思っていたのだ。もっとも千織は、鈴が好きというより、快楽を得るための道具として扱っていたのだろう。

「私がためらうと、いやなら出てお行き、もうお前は要らないと仰《おつしや》られ、追い出されてしまいました……」

「そうでしたか……」

夕餉の後というから、鈴が途方に暮れてここへ来て、待っていたのもほんの半刻（一時間）ほどと思われる。

「ならば、千織様も一晩経てば我に返り、きっと追い出したことなど忘れてしまうでしょう。第一、お鈴さんがいなくて一番困るのは千織様ですからね。朝、一緒に行って謝って差し上げますので、今夜はここにお泊まりなさい」

藤吉は言った。どうせ今夜は、もう戻っても入れてくれないだろう。そして千織も、すっかり良くなったとはいえ夜半に鈴を探しに出るとも思われなかった。

二

「でも、お一人暮らしの家に泊まるなど……」

自分から藤吉を頼ってきたものの、鈴は最後のためらいを見せた。彼女の実家は麹町《こうじまち》にあるらしいが、やはり女中奉公に出た以上、夜半におめおめと帰ることなどできないのだろう。

「ならば、千織様には神社で一夜を明かしたとでもいうことにしましょう。それをたまま私が見つけ、事情を聞いてお送りしたと。別に、私はあなたに狼藉《ろうぜき》を働いたり致しませんので」

「藤吉さんは優しい良い方ですので、そのような心配はしていないのですけれど……」

「ならば、どうぞ二階へ」

藤吉は言い、付け木に火を移してから行燈を吹き消し、決意を促すよう先に階段を上がっていった。そして藤吉が二階の行燈に灯を入れていると、やがて鈴も恐る恐る上がってきた。

藤吉は手早く床を延べた。もとより布団は一組しかない。

「さあ、ここにどうぞ。私は部屋の隅で寝ますのでご心配なく」

「いいえ、私が起きておりますので……」

鈴は遠慮がちに壁際に端座して言った。

「そうはいかない。ただでさえ働き者のあなただ。お疲れでしょうし、明日のためにも眠っておかなければいけません。そうだ、千織様にしている按摩の真似事を、お鈴さんにもして差し上げましょう。きっと楽になりますよ」

藤吉は自分の思いつきに有頂天になりながら、鈴に迫った。

「わ、分かりました。では、どうか行燈を消してあちらを向いていらしてください」

鈴も、ようやく観念したように帯を解きはじめた。

藤吉は彼女に背を向け、行燈の火を消した。それでもしばらく経つと、すぐに目が慣れてきた。窓の障子からは、青々とした月光も射している。

しゅるしゅると帯が解かれる衣擦れの音を背後に聞きながら、藤吉は激しく勃起してきてしまった。

鈴も、二人きりという状況の中で、淫気を二、三合ばかりに高めていた。もとより藤吉を頼ってきたのは好意があるからであり、それに十六ともなれば情交への好奇心もあるだろう。

「あの、どのようにしたら……」

後ろから鈴が声をかけてきた。どうやら着物と足袋を脱ぎ、襦袢と腰巻だけになったようだ。

「では、最初はうつ伏せに」

振り返りながら言うと、鈴は素直に布団に横たわった。

藤吉は腰巻の裾から覗いている、彼女の白いふくらはぎに見惚れた。そして迫り、まずは両手で片方の足を包み込み、親指で足裏を圧迫しはじめた。

「あう……」

鈴が小さく声を洩らした。素足を見られ、触れられるのが恥ずかしいのだろう。

足裏や指の股は、動かない千織よりもずっと生温かく湿り気があり、彼女から見られていないのを良いことに、藤吉は顔を寄せて爪先を嗅いだ。

ふんわりとした匂いが心地よく鼻腔を刺激した。やはり若い方が汗っかきで、脂《あぶら》分も多いのだろう。

藤吉は舐めたいのを必死に我慢した。そう早まることはない。彼女の淫気を測っていれば、やがて良い折がやってくるだろう。

彼は両足とも足裏から指、爪まで丁寧に揉んでからふくらはぎへ移動していった。

何しろ、生まれて初めて触れる生娘だから、彼女以上に息が弾んでしまった。

「アア……」

次第に力を抜きながら、鈴がうっとりと声を洩らした。羞恥を通り過ぎると、気持ち良くなってきたのだろう。まして自分の主人の千織も、同じことをされていると思っているから気分的にも安心しているに違いなかった。

藤吉は腰巻の上から太腿まで揉み上げ、まだ尻を避けて腰骨から背中に手のひらを這わせていった。

腰骨に触れると、鈴の肌がびくっと震えて反応した。同時に淫気が四合を超えてきた。

どうやら女には、腰骨あたりに感じるツボがあるのだろう。

やがて背中全体をまんべんなく撫で終えると、

「どうか仰向けに」

藤吉は言いながら、彼女の肩を支えて促した。鈴も、ゆっくりと寝返りを打って仰向けになると、襦袢越しにも張りのある胸の膨らみが忙《せわ》しげに息づいているのが分かった。甘ったるい汗の匂いも、さっきよりずっと濃く悩ましく漂い、愛らしい笑窪の浮かぶ頬もすっかり上気して桃色に染まっていた。

さて、仰向けにしたものの、どこに触れてよいものか少し藤吉は迷った。まだ彼女の淫気は半分にも満ちていないので、いきなり乳房を揉むわけにいかない。

藤吉は再び脚の方へ行き、脛から太腿までを揉みはじめた。親指が内腿に食い込むたびに、鈴はウッと息を詰めて肌を強ばらせた。やはり仰向けということで、相当に羞恥も増しているようだった。

腰巻の上からとはいえ、どこまで這い上がることができるだろうか。

藤吉はそろそろと太腿を移動し、鈴が拒む寸前のところまで見当をつけた。そして鈴の淫気が六合を超えたところで、いよいよ彼は行動を起こしはじめた。

「やはり、どうしても千織様の陰戸を舐めることはお嫌でしたか」

「え……？」

いきなり話しかけられ、鈴は驚いたように目を開いた。

「い、いえ……、あれほどお怒りになるのであれば、素直にしていれば良かったかと、今思えば……」

「そう、別に不浄な場所ではありません。ものの本で読みましたが、女は舐められると殊《こと》のほか気持ちが良くなるようです。もし今度、千織様の陰戸を舐めるようなことがあるのなら、まず、ご自分がどのような心地になるのか、試してみませんか」

藤吉は言い、親指で彼女の内腿を刺激しながら、もう片方の手でそろそろと腰巻をめくりはじめた。

「そ、そのようなこと……」

「どうか、千織様のお気持ちになってください。これは、私が無理やりにするのではありません。あくまでも、あなたが私に命じたとお思いください」

藤吉は暗示をかけるように言いながら、ゆっくりと腹ばいになり、彼女の両膝の間に顔を割り込ませていった。

「ああ……、い、いけません……」

鈴は言いながらも、高まる淫気に拒む力も湧かないようだった。

藤吉を頼って訪ねてきたときから、泊まることや、さらなる展開も多少は意識していただろう。まして今は彼女にとって、かつてないほど淫気が高まり、夜半に男の部屋で夢見心地になっているのだ。だから昼間では考えられないほど、彼女は自分を失って藤吉の言いなりになっていた。

藤吉は、とうとう彼女の股間まで顔を進めることができた。

緋色の腰巻は完全にめくれ、白くむっちりした内腿が両頬に温かく密着していた。肌はどこも、実に若々しい張りと弾力に満ち、熟れた年増の柔肌とは全然違った新鮮さが感じられた。

目の前に、鈴の羞恥の中心部があった。

月明かりに照らされた若草は楚々《そそ》とした淡いもので、割れ目もぷっくりと丸みを帯びた初々しいものだということが見て取れた。

指で広げても、この暗さでは良く観察できないだろう。見るのは後日の機会を待つこととし、藤吉は彼女の腰を抱えながら、真ん中に顔を埋め込んでいった。

何とも柔らかな茂みが、ふんわりと鼻をくすぐってきた。甘ったるい汗の匂いも、やはりイネや千織とは違う。生娘は成分が健康的に濃い感じで、悩ましい芳香が藤吉の鼻腔を掻き回してきた。

口に密着する割れ目も張りと膨らみが感じられ、藤吉は美少女の匂いで胸を満たしながら、そろそろと舌を伸ばしていった。まずはぷっくりした割れ目の表面に触れ、僅かにはみ出している花びらを舌先で探った。

すでに幼い蜜は外にまで溢れ出し、彼女の淫気は七合に達していた。

「く……!」

その間、鈴はずっと肌を強ばらせ、両手で顔を覆いながら息を詰め、必死に声が洩れるのを耐えていた。しかし藤吉がぬるりと割れ目内部に舌を差し入れ、軽くオサネを舐め上げると、

「ああッ……!」

鈴は我慢しきれずに声を上げ、内腿できゅっと彼の顔を締め付けてきた。

藤吉はもがく腰を抱えて押さえつけながら、次第にぬらぬらと多く溢れてくる蜜汁を舐め取り、蠢く柔肉を隅々まで味わい、さらに彼女の両脚を抱え上げて、張りのある尻の谷間にも鼻と口を押し付けていった。

肛門は細かな襞が可憐に震え、何とも可愛らしい匂いが馥郁と籠もっていた。

藤吉は、美少女の恥ずかしい匂いを心ゆくまで嗅ぎながら舌を這わせ、肛門の内部にも潜り込ませて、ぬるっとした滑らかな粘膜を味わった。

「い、いけません、そんなところ……」

鈴がくねくねと身悶えながら、消え入りそうな声で言った。しかし力が抜け、とても抵

抗する気力は残っていないようだった。

藤吉は充分に肛門の味と匂いを堪能してから、再び割れ目に舌を戻し、淫水をすすってオサネを舐め回した。

「あう……、な、何だか、変に……、駄目、アアーッ……！」

鈴は声を上ずらせ、たちまちがくんがくんと狂おしい痙攣を起こしはじめ、あっというまに気を遣ってしまったようだった。激しい羞恥心と、成長しつつある肉体の中で、最も感じるオサネを舐められて、すぐにも絶頂に達してしまったのだ。

鈴はぐったりとなり、しばらくはどこを舐めても、ぴくりとも反応しなくなってしまった。藤吉は顔を上げ、自分も着物と下帯を脱いで彼女に添い寝していった。

三

「大丈夫ですか……、お鈴さん……」

藤吉が囁《ささや》きかけても、鈴は荒い呼吸を繰り返すばかり、返事もままならず魂を吹き飛ばされたように力が抜けたままだった。

やはり自分で慰めるような経験もないのだろうか。それが初めて気を遣り、しかも男に最も恥ずかしい部分を舐められたという衝撃も、彼女の心を閉ざしているようだった。

藤吉は、彼女が無反応なのを良いことに、襦袢の前を開かせ、胸を露わにした。

青白い月光を浴び、形よく膨らみかけた乳房と、初々しい薄桃色の乳首が何とも清らかだった。そして内部に籠もっていた熱気が、実に甘ったるく可愛らしい匂いを含んで、ゆらゆらと立ち昇ってきた。

藤吉は吸い寄せられるように鈴の胸に顔を埋め、肌の匂いに酔いしれながら乳首に吸い付いていった。

「う……」

鈴が小さく息を詰めて、ぴくりと肌を震わせた。まだ朦朧《もうろう》として、何をされているか分かっていないようである。

幼い乳首は、ややもすれば膨らみの中に埋もれがちだったが、それでも舐めまわすうち次第につんと硬く突き立って吸いやすくなってきた。そしてもう片方の膨らみを優しく揉みしだき、指先で乳首をいじるうち、いつしか鈴はうねうねと悩ましげに身悶えるようになってきた。

藤吉は身を乗り出して、もう片方の乳首も含み、舌で転がしてそっと吸った。

「ああ……」

ようやく鈴が我に返りはじめ、小さく喘ぐようになった。

藤吉は舌を移動させ、乱れた襦袢の中に顔を潜り込ませて、汗ばんだ腋《わき》の下にも顔を埋め込んでいった。そこも甘ったるい赤ん坊のような体臭がたっぷりと籠もり、藤吉は腋の窪みを執拗《しつよう》に舐めた。腋毛は薄く、ほんの少しだけ舌に触れる程度だった。

「ああン……！」

彼女が声を上げ、くすぐったそうに身をよじりながら彼にしがみついてきた。

鈴の淫気は、まだ一向に衰えることがなく、七、八合ほどに満たされたままだった。もちろん同じ量でも、鈴と千織では度合いが違っていた。おかしな言い方だが、同じ一升徳利でも個々の女によって大きさが違うのだ。結局、持っている淫気の徳利の大きさに個人差があるのである。あるいは同じ七合でも、快楽を知った体験により濃度が違うとも言えるのだった。

やがて藤吉は柔肌を舌でたどり、首筋を舐め上げていった。

すぐ目の前に、美少女の可愛い唇があった。それは桜ん坊のようにぷっくりとし、僅かに開いた隙間からは、白く滑らかな歯並びが覗いていた。吐き出される息は熱く湿り気を含み、胸が切なくなるほどに甘酸っぱい匂いがした。

藤吉は鈴の吐息で鼻腔を満たしながら、ぴったりと唇を重ねていった。

美少女の唇は柔らかく、弾力があり、甘酸っぱい息の匂いにほんのりと、乾いた唾液の匂いも混じって藤吉の股間を刺激してきた。

舌を伸ばし、まずは鈴の唇を舐め、徐々に内部に差し入れていった。

滑らかな歯並びを舌先で左右にたどり、引き締まった歯茎や唇の内側のぬめりを舐めているうち、ようやくおずおずと彼女の前歯が開かれていった。

中に舌を潜り込ませると、美少女の口腔にはさらに濃い果実臭が籠もり、藤吉は舌のみならず身体ごと入ってゆきたい衝動にさえ駆られた。

藤吉は鈴の舌を探り、その柔らかな感触と、温かく濡れた唾液の甘さにうっとりとなった。ぬるぬるする滑らかな舌触りが何とも心地よく、彼は執拗に舌をからめ、溢れる唾液をすすった。

「ク……ンン……」

鈴も次第にちろちろと舌を動かしはじめ、熱く鼻を鳴らして彼の舌にちゅっと強く吸い付いてきた。

藤吉は唇を重ねたまま、手のひらで彼女の乳房を探り、さらに内腿を撫で上げて濡れた陰戸をいじった。新たな淫水が溢れ、たちまち指はぬらぬらと滑らかに動いた。

「あうう……、ま、また変になりそう……」

鈴は苦しげに口を離し、喘ぎながら言った。

「気持ち良いでしょう？」

「ええ……、でも、恥ずかしい……」

オサネを探られ、鈴は淫気を九合にまで高まらせて答えた。

この分なら、最後までいっても大丈夫かもしれない。最初は痛いのだろうが、どうせいずれしなければならないのだし、これも縁だから、藤吉が頂いても構わないだろう。藤吉は、自身の淫気の高まりもあり、自分勝手に解釈していた。

やがて藤吉は身を起こし、彼女の両膝の間に腰を割り込ませていった。

「ああっ……、何を……」

股が開かれると、鈴は不安げに言って肩をすくめた。

「どうしても、一つになりたいんです。どうかお許しを」

藤吉は言い、幹を構えて股間を進め、先端を生娘の陰戸に押し当てた。そして大量に溢れる淫水をまつわりつかせるように亀頭をこすりつけ、位置を定めていった。

鈴も、一物を差し入れるという情交の仕組みぐらい知っているだろうが、さすがに緊張して全身を硬直させ、まだ受け入れるとも拒むともつかぬ状態でじっとしていた。

藤吉は息を詰め、生娘の陰戸に、一気に肉棒を押し込んでいった。

張り詰めた亀頭がぬるっと潜り込み、幼い膣口が丸く押し広がった。

「あう！」

鈴が顔をしかめ、眉根を寄せて呻いた。

しかし蜜汁が充分だし、十六ともなれば受け入れる肉体はすっかり出来上がっているから、たちまち一物はずぶずぶと根元まで潜り込んでしまった。

藤吉も、生娘を相手のときは痛みの時間が少なくて済むよう、一気に入れるのが良いと春本で読んで知っていたのだ。

深々と貫くと、藤吉はしばし鈴の温もりと感触を嚙《か》み締めた。さすがに狭く、入り口周辺がきつく締まっている。

鈴は、奥歯を嚙み締めたまま肌を凍りつかせ、呼吸さえままならないほどだった。

しかしイネも千織も、みな通ってきたことだ。

やがて藤吉は股間を密着させたまま身を重ね、彼女の肩に手を回して抱きすくめた。鈴も、支えを求めるように下からしがみついてきた。

「大丈夫ですか……」

藤吉が耳元で囁いたが、鈴は頰を強ばらせながらも健気《けなげ》に小さく頷いただけだ。とても大丈夫とは言えない状態だが、後悔している様子もなかった。

藤吉の方は、何しろ有頂天である。年増にされるのではなく、自分の力で生娘と一つになったのだ。しかも彼にとって鈴は、家から出て初めて接した女なのだ。武家娘とはいえ最初からほのかな好意を抱き、それがこんなに早く、思いが叶ってしまったのである。

様子を見ながら、少しずつ腰を小刻みに突き動かしてみた。

「アア……」

鈴が脂汗を滲ませ、顔をのけぞらせて喘いだ。痛みはあるだろうが、淫気は一向に減っていない。それはまだ快感なのではなく、一つになっているという充足感が淫気の高まりを保たせているようだった。

気を遣いながらの動きではあるが、藤吉はたちまち絶頂が迫ってきた。

もちろん我慢する必要はない。初回は、早く済んだ方が彼女も助かるだろう。

藤吉は、次第に調子をつけて腰を動かしながら、熱く濡れた柔襞の摩擦を味わった。

「う……、い、いく……」

たちまち藤吉は口走り、絶頂の快感に身を震わせながら熱い精汁をほとばしらせた。気を遣る最中だけは、鈴への気遣いも忘れて股間をぶつけるように、ずんずんと激しく動いてしまった。

それでも鈴も、藤吉が最高に気持ち良い状態になっている、ということは分かったのだろう。あるいは彼の快感が、肌を通して伝わったのかもしれない。

今までもイネや千織と絶頂が一致していたので、藤吉は絶頂を伝え合うという特殊能力をも備えているのかもしれなかった。春本では、女と絶頂を一致させるのは至難の技と書かれていたのに、彼は常に一致しているのだ。

「ああン……！」

鈴が可憐な声で喘ぎ、藤吉の背に回した両手に激しい力を込めてきた。その声も仕草も身悶え方も、痛みばかりではない何かに目覚めたような感じがあった。

藤吉は最後の一滴まで、最高の快感の中で放出し尽くした。

ようやく動きを止め、股間を押し付けたまま藤吉は、彼女の甘酸っぱい吐息を嗅ぎながら、うっとりと快感の余韻に浸り込んだ。

鈴もしがみつく両手を離し、ぐったりと身を投げ出した。

どれぐらい重なっていただろう。やっと藤吉は身を起こし、ゆっくりと一物を引き抜いていった。

「く……」

鈴が、また摩擦される感覚に小さく声を洩らした。

ぬるっと引き抜けると、一物と布団が月明かりにも分かるほど鮮血に濡れていた。

「うわ、大変だ……」

藤吉は懐紙を取り出し、彼女の股間を拭ってやった。鈴は、横たわったまま起き上がることもできず、されるままになっていた。

自分の処理も終えると、藤吉は互いに全裸のまま再び添い寝して搔巻《かいまき》をかけ、鈴に腕枕して寝た。彼女は何も言わず、彼の胸に顔を埋めて目を閉じている。

今夜は、このまま眠るのが良いだろう。藤吉は大きな満足とともに、鈴が傷ついていないかどうか気になり、なかなか寝付けなかった……。

四

「まあ、千織様……！」

翌朝、藤吉が鈴を中川家まで送っていくと、何と千織が玄関に座っているではないか。

どうやら鈴を心配して、そこらを歩いて探し、帰ってくるのをずっと玄関で待っていたのだろう。

まだ明け六つ（日の出の三十分ほど前）である。藤吉は鈴と朝餉でも、と思ったが、彼女は早く戻って千織のための朝餉を作ると言い、とにかく顔だけ洗って二人で出てきたのだった。

「申し訳ありませんでした……」

鈴は涙ぐみ、その場に座り込みそうになった。

「疲れました。早く朝餉の仕度を」

千織が笑顔で言うと、鈴は気を取り直して返事をし、すぐに厨の方へと回っていった。

「鈴がお世話をかけました」

「いいえ、たまたま顔を洗いに出たら、お鈴さんが神社にいるのを見つけたので、とにかくお連れ致しました」

藤吉は言い、玄関に座っている千織を支え、床の敷かれた座敷まで連れて行った。

「このままご一緒に朝餉をとも思うのですが、お店の方もありますでしょう。実は麴町から母が来るという知らせがあったので、今日は来て頂くわけに参りません」

「そうですか」

「また後日、鈴を迎えにやりますので、そのときにどうかよろしく」

「承知しました。では私はこれで」

藤吉は言い、千織に一礼して中川家を出た。

間もなく空はすっかり明るくなり、表長屋に戻った藤吉は、一人で簡単な朝餉を済ませた。そして通りをざっと掃き清めてから店を開け、ようやく座って一息つきながら昨夜のことを思い出した。

あれから鈴は眠り、藤吉はまた淫気を催してしまったものの、密かに手すさびすることもなく、何とか眠ったのである。

朝は、彼が目を覚ますと鈴も横になったまま起きていた。彼女が、後悔したり泣くようなこともなく安心したものだった。しかし特に昨夜のことを話し合うこともなく、着物を着て顔を洗うと、すぐに出てきたのである。

とにかく藤吉は、鈴と関係を持った充足感でいっぱいだった。

玉栄に言わせると、もっともっと年増で勉強してから鈴を、ということだったが、こればかりは運命的な機会というものがあり、それを逃すとなかなか次がやってこないものなのだろう。

やがて日が昇り、隣の瀬戸物屋も斜向《はす》かいの古着屋も店を開け、いつもの日常がやってきた。

前を行き来する人たちは多くても、相変わらず客は来ない。

すると昼近くになって、一人の大柄な老人が現われた。

「こ、これは北斎先生……」

「ああ、昨夜の小僧か。目洗薬をおくれ」

「はい、ただいま」

藤吉は言われた薬を取り出し、紙袋に包んだ。さすがに老齢でも絵師だけあり、眼病には特に気をつけているのだろう。目洗薬の成分は、炉甘石《ろかんせき》（含水炭酸亜鉛で、現在の目薬に配合されている硫酸亜鉛より刺激が少ない）という石の粉末で、それに梅肉や蜂蜜、竜脳《りゅうのう》や氷砂糖などが混じっていて、用法は水で溶いて目に塗る。

「それにしても商売っ気がないな。ただ丹波屋の看板だけじゃ目立たんだろうに」

代金を払い、包みを懐中に入れた北斎が店内を見回して言った。

「はあ、何か工夫した方がよろしいでしょうか」

「昔な、平賀源内《ひらがげんない》という人がいて、土用の丑《うし》の日という触れ込みで、たいそう鰻屋を儲けさせたもんだ」

「そうですか」

「うん、そうだ。何か書いてやろう。紙はあるか」

北斎が腰から矢立《やたて》を取り出して言うので、藤吉は慌てて半紙を渡した。

店内に入って受け取った北斎は、上がり框《かまち》に半紙を置いてさらさらと文字や絵を書きはじめた。

見ると、一枚目には腹痛の薬「和中散《わちゆうさん》」と大きく書き、腹中から邪鬼が逃げて行く絵が描かれた。さすがに絶妙な筆使いで、北斎は二枚目に取り掛かった。さらに泣いている幼児の疳《かん》の虫を抑える薬や熱さましなど、売れ筋の薬を絵入りで数枚描いてくれた。

「これを貼っておけばよかろう。少しは目立つだろう」

「うわあ、素晴らしい。有難うございます！」

藤吉は恐縮し、宣伝文句の入った絵を恭しく受け取った。版元が頼んだら、一体いくらの画料が取られるだろう。

やがて北斎は帰っていき、藤吉は往来から見えるように、書いてもらった紙を店の鴨居《かもい》に貼って吊るした。一度通りに出て見てみると、なるほど、殺風景だった今までとは全然違って、何だろうかと人が足を止めるだけの効果はありそうだった。

藤吉は細々と昼餉を終え、午後もひたすら店番に没頭した。少しずつではあるが、絵に目を留め、ついでに何か薬を買っていく人も増えはじめていた。

「へえ、考えたじゃないか」

イネがやってきて、感心したように貼り紙を見て言った。どうやらまた庄助に別の用を言いつけ、代わりに自分が出向いてきたようだ。

「うまいね。お前が描いたのかい？」

「いえ、有名な北斎先生が」

藤吉は言ったが、イネは絵師などあまり関心がないように軽く頷いただけだった。それよりも、淫気を満々にして来たので、情交のことしか頭にないのだろう。

「いいかい？　少しの間お店を閉めても」

イネは言い、先に二階へ上がっていってしまった。

もちろん藤吉も嫌ではない。何しろ彼に、最初に女の肉体を教えてくれた美しい義母なのだ。むしろ彼自身も、イネが顔を見せた瞬間から淫気が高まり、股間が疼いて仕方がなかったのである。

藤吉は急いで戸を下ろし、入り口の戸締りをして二階に上がっていった。

前と同じように、イネはすでに布団を広げ、着物を脱いでいた。

「女の匂いがする……。お前、もう良い人ができたの。生娘だね？」

イネは笑みを含んで言い、藤吉はあっと声を上げそうになった。

確かに鈴と情交し、一晩一緒に身体をくっつけて寝たのだ。しかも布団には、鈴の破瓜《はか》の鮮血が染みとなって残っていたのである。それを見て、イネは何もかも見通してしまったようだった。

もちろんイネは咎《とが》めているわけではなく、むしろ藤吉が家を出て間もないことだから感心しているようだった。

「さあ、おいで。どれだけ上手になったか私に見せて」

腰巻まで取り去って全裸になったイネに誘われ、藤吉も手早く帯を解いて着物と下帯を脱いでしまった。

そのまま添い寝し、豊かな乳房に顔を埋めていった。

懐かしく甘ったるい体臭が鼻腔に満ち、藤吉は色づいた乳首に吸い付きながら、もう片方の豊かな膨らみに手を這わせていった。イネも彼に腕枕しながら愛しげに頰を撫で、次第に熱く甘い息を忙しげに弾ませた。

藤吉がもう片方の乳首を含み、舌で転がしていると、

「アア……」

イネは声を上げ、身悶えながら自分から身を起こして上になってきた。様子を探るようだった初回と違い、今日は最初から欲求を溜めてきているから、受け身になっているのが待ちきれないのだろう。

上からのしかかり、彼女はぴったりと唇を重ねてきた。

そして熱く甘い息を弾ませながら舌を差し入れ、彼の口の中を隅々まで舐めまわし、肌のあちこちも強く撫で回した。

藤吉は義母の温かな唾液で喉を潤し、自分も舌をからめてイネの熟れ肌を愛撫した。

イネは充分に口を吸ってから彼の首筋を舐め下り、両の乳首にも吸い付いて軽く歯を立てながら、徐々に真下に降りていった。

すでに激しく勃起している肉棒が、ひくひくと跳ね上がるたびにイネの肌に触れた。

やがてイネは彼の開かれた脚の間に腹ばいになり、まずは両の豊かな乳房で彼の一物を挟みつけてきた。

「ああ……」

柔らかな膨らみに揉まれて、藤吉はうっとりと声を洩らした。

たまに当たる乳首の感触も心地よく、イネは念入りに谷間で震える肉棒をこすり、俯いて先端に舌を這わせてきた。

張り詰めた亀頭が唾液にまみれ、義母の舌先で鈴口から滲む粘液が舐め取られた。

徐々に乳房を離しながら彼の股間にイネが顔を埋め、幹を舐め下りてふぐりにしゃぶりつき、両足を浮かせて肛門まで念入りに舐めてくれた。

ぬるっと舌先が潜り込むと、藤吉は息を弾ませながら肛門を収縮させ、唾液に濡れたふぐりにかかる息の刺激に身悶えた。ようやく脚を下ろすと、イネは本格的に一物を舐めまわし、喉の奥深くにまですっぽりと呑み込んでいった。

熱く濡れた口腔に包まれ、藤吉は激しく高まっていった。

イネは上気した頬をすぼめて吸い付いては、ちゅぽっと引き離し、それを繰り返しながら口による摩擦を続けた。

「ああ……、もう……」

降参するように藤吉が言うと、すぐにイネはすぽんと口を離し、再び横になってきた。

どうやら今日は飲んでくれず、充分に彼を高まらせてから自分への愛撫を望んでいるようだった。

「さあ、今度はお前の番よ……」

イネは仰向けになって言い、藤吉も身を起こして彼女の下半身に向かっていった。

五

藤吉は教わったとおり、まずイネの足の裏から舐めはじめていった。

汗ばんだ足裏をまんべんなく舐め、爪先をしゃぶり、ほのかな匂いを籠もらせる指の股の湿り気も、順々に舐めまわしていった。

「ああ……、いい気持ちよ……」

イネはうっとりと喘ぎ、彼の口の中で唾液に濡れた指を縮こめた。

藤吉は両足とも充分に味わい尽くすと、いよいよむっちりした脚の内側を舐め上げ、熱気と湿り気を籠もらせた中心部に這い上がっていった。イネも僅かに立てた両膝を、どんどん最大限に開いていき、藤吉の顔を受け入れた。

割れ目からは陰唇がはみ出し、ねっとりした大量の蜜汁が溢れて肛門の方にまで伝わっていた。

藤吉は顔を埋め込み、柔らかな茂みの丘に鼻をこすりつけながら義母の悩ましい匂いを嗅いだ。甘ったるい乳のような匂いが、イネの体臭の特徴で、何しろ最初に感じた感覚なので非常に懐かしく、また興奮をそそった。

舌を伸ばし、ぬらぬらと溢れている淫水をすすり、陰唇の内側を念入りに舐めまわしはじめた。淡い酸味が舌を濡らし、妖しく蠢《うごめ》く柔肉が舌を包み込んできた。

膣口の襞をくちゅくちゅと掻き回し、つんと突き立ったオサネを舐め上げると、

「アアッ……!」

イネが身を反らせて喘ぎ、白く滑らかな内腿できつく彼の顔を締め付けてきた。

藤吉は味と匂いを心ゆくまで堪能してから彼女の両脚を持ち上げ、豊かな尻の谷間にも顔を埋め込んでいった。

イネは自ら浮かせた脚を抱え込み、さらに指で双丘をむっちりと広げてくれた。

可憐な薄桃色の肛門が僅かにお肉を盛り上げて震え、秘めやかな匂いで藤吉を刺激してきた。

細かな襞を舐めまわし、中にも舌を押し込んで粘膜を舐めると、

「もっと、いっぱい舐めて、奥まで……」

イネが声を上ずらせて言い、きゅっきゅっと肛門で彼の舌を締め付けた。

藤吉も舌の根が疲れるほど内部で蠢かせていると、新たな淫水が陰戸から溢れて尻の谷間にまで流れてきた。

ようやく彼は舌を引き抜き、熱い雫《しずく》を舐め取りながら彼女の脚を下ろした。再び割れ目からオサネまで舌を移動させ、上の歯で包皮を剝いて強く突起を吸った。

「ああン……、いいわ。もっと嚙んで……」

イネが、さらなる強い刺激を求めて言い、滑らかな下腹をひくひくと波打たせた。

藤吉は小刻みにオサネを嚙み、強く吸い付き、舌先で弾くように舐め続けた。

「あうう……、い、いきそう……、入れて……！」

イネが狂おしく身悶えながら口走った。

藤吉は口を離し、身を起こしながら一物を進めていった。まだ彼女の唾液にぬめってい

る先端を割れ目に押し当て、位置を定めながらゆっくりと貫いた。

「く……、気持ちいい……」

イネが顔をのけぞらせて言い、ぬるぬると奥まで受け入れていった。

藤吉も心地よい摩擦快感に暴発を堪え、義母の温もりに包まれながら身を重ねた。

彼女が両手を回し、藤吉の背に爪を立てながら股間を突き上げてきた。

「アア……、もっと突いて……、奥まで届くわ。とってもいい気持ち……」

イネは豊かな乳房を揺すりながら甘い息で喘ぎ、それに合わせて藤吉もずんずんと股間をぶつけるように動きはじめた。果てそうになると動きを緩め、また呼吸が整うと激しく律動した。

そしてイネの高まりを見ながら、いよいよ藤吉は絶頂に向けて突っ走ろうとした。

すると、彼女がいきなり動きを制し、彼の胸を突き放してきたのである。

「お願い、お尻に入れてみて……」

「え……？」

藤吉は、イネの言葉に慌てて高まりを抑えて聞き返した。

「お前の大きなものを、お尻にも感じてみたいの……」

「大丈夫かな……」

藤吉は言ったものの、初めての体験に激しく好奇心を突き動かされた。

イネは、それを体験しているのかどうか知らないが、もとより陰間《かげま》はそうして悦びを味わっていると聞くから、入らないものでもないのだろう。

藤吉は身を起こし、絶頂寸前の肉棒をゆっくりと引き抜いた。大量の淫水がべっとりとまつわりつき、見ると肛門の方まで滴った蜜汁で潤っていた。

イネが自分で両足を浮かせて抱え込み、彼の方に白く丸い尻を突き出してきた。

藤吉は息を詰め、充分に濡れている亀頭を、磯巾着のように窄《すぼ》まっている肛門に押し当てた。

「いいわ、来て……」

イネが言い、口で呼吸して力を緩めた。

藤吉は息を詰め、ぐいっと力を入れて押し込んでみた。すると、窄まっている襞が見る見る伸びきり、丸く押し広がって張り詰めた亀頭がぬるりと潜り込んでしまった。

「う……」

イネが眉をひそめて呻いたが、決して拒まず、続けるように尻をくねらせた。

藤吉も挿入を続け、鈴の陰戸よりもずっと狭いイネの肛門にずぶずぶと肉棒を差し入れていった。

一番太い亀頭の雁首が入ってしまうと、あとは比較的滑らかだった。狭いのは入り口だけで、中は案外広がるのかもしれない。

とうとう一物は根元まで入り、彼の下腹部に尻の丸みが心地よく密着して弾んだ。

「ああ……、すごいわ……、裂けそうだけれど、いい気持ち……」

イネが切れぎれに口走り、きゅっきゅっと肉棒を味わうように肛門を収縮させた。

やはり膣内とは、温もりも感触も全然違っていた。しかしべたつくような感覚はなく、むしろ滑らかで新鮮な感じだった。藤吉は深々と押し込みながら初めての体験を味わい、再び絶頂間際にまで高まっていった。

「動いて、そっと……」

イネに言われ、藤吉はそろそろと腰を前後させはじめた。ぬめりはあるが、膣口のように摩擦されず、最初は締め付ける肛門が一緒に吸い付いてくるようだった。

それでも動くうちに、藤吉が慣れてきたのか、イネも締め付けを緩める呼吸を心得はじめたのか、次第にぬらぬらと摩擦されて律動できるようになっていった。

調子づいて摩擦できるようになると、たちまち藤吉は高まった。

「い、いきそう……」

「いいわ、出して。中にいっぱい……」

藤吉が口走ると、イネも息を弾ませて答えた。彼女は肛門への快感というより、普段と違う場所に入れられているという気持ちで高まっているようだ。だからイネがいくまで藤吉が耐える必要もないのだろう。

そうなれば藤吉も遠慮なく腰を突き動かし、妖しい感覚に包まれながら、たちまち絶頂の快感に貫かれてしまった。

「ああッ！　いく……」

藤吉は気を遣りながら呻き、イネへの気遣いも忘れて股間をぶつけるように動き続け、ありったけの熱い精汁を内部に放出した。

「アア……、出ているのね、感じる。熱いわ……」

イネが、精汁を飲み込むように直腸を収縮させながら言い、自らも乳首をつまみ、さらにもう片方の手ではオサネをいじりながら身悶えた。

内部に満ちる大量の精汁に、動きはさらにぬらぬらと滑らかになっていった。

ようやく最後の一滴までどくんと噴出させると、藤吉は動きを止め、うっとりと快感の余韻に浸った。

挿入している角度からいって、彼女に身を重ねることができないので、藤吉は充分に余韻を味わうと、すぐにも腰を引いていった。

精汁のぬめりと、排泄するような内圧に助けられ、一物はぬるっと引き抜けた。

一物には特に汚れの付着はなく、亀頭が離れた肛門は、こんなに広がるのかと思えるほどぽっかりと丸く開き、内部の滑らかな粘膜を覗かせていた。しかし、それも徐々に窄まって、元の可憐な形状に戻っていった。

藤吉は彼女に添い寝し、甘えるように豊かな乳房や汗ばんだ腋に顔を埋めて濃厚な体臭で胸を満たした。

するとイネはのろのろと身を起こし、肛門から引き抜いたばかりの肉棒にしゃぶりついてきた。そして唾液で清めるように鈴口を念入りに舐め、淫らに音を立てて吸った。

「あう……」

藤吉は呻き、射精直後で過敏になった一物をひくひく震わせながら腰をよじった。しかしその刺激に、たちまち肉棒は強ばりを回復させ、ぴんぴんに突き立っていった。

「いい？　今度は前に入れて、ちゃんといかせて……」

イネが、顔を上げて言った。やはり肛門に入れさせたのは変化を楽しむためであり、完全に気を遣るためにはもう一度陰戸にしなければならないようだった。

もちろん藤吉も嫌ではないし、すぐにも挿入できるほど淫気は甦っていた。

「なんて逞しい……。毎日でもここへ来たい……」

イネは肉棒に頬ずりして言い、すぐにも我慢できなくなったように、身を起こして彼の股間に跨ってきた。

幹に指を添えて先端を陰戸にあてがい、今度は茶臼（女上位）で交接してきた。

「ああーッ……！」

ぬるぬるっと深くまで貫かれながら、イネは顔をのけぞらせて喘いだ。

完全に一つになり、吸い付き合うように股間同士が密着すると、藤吉も急激に高まりながら、ずんずんと下から股間を突き上げはじめたのだった……。

第四章　淫らな舌に思わず昇天

一

「そうか、とうとうお鈴ちゃんとしちまったか」

玉栄が、咎《とが》めもせず羨《うらや》ましそうに言った。藤吉は、庄助に店番を頼み、少し息抜きに藤乃屋に遊びに来ていたのだった。

何も全て報告する義務はないのだが、玉栄が本にしてくれれば多少の実入りにもなるだろう。店の売り上げだけでは心許《もと》ないし、浅草の実家に無心するのは気が引けるので、こういうところで少しでも金になれば良いと思ったし、それに聞き上手の玉栄には、何もかも話したくなってしまうのだった。

と、そのとき店に御家人風の男が入ってきた。藤吉は、知った顔だったから会釈した。

宴会で同席した、村上宇兵衛である。

「やあ、君も来ていたか」

宇兵衛は気さくな笑顔で藤吉に言い、持ってきた風呂敷包みを開いて何枚かの絵を玉栄に渡した。見れば、春画だ。

「やはり、絵師の方だったのですね」

「なあに、御家人の内職さ。絵師なんて大層なもんじゃない」

宇兵衛は言ったが、春画の出来に玉栄は満足げに眺めていた。

「この人はな、わしの弟子で雅号を我田淫水《がでんいんすい》という。元は抱き人形作りに精を出し、それはそれは、見事な美人の顔や陰戸を克明に作り、蒟蒻《こんにゃく》を仕込んで好事家《こうずか》の旦那衆には評判になったものさ」

「抱き人形ですか。話には聞いたことがあります」

「今は、家庭を大事にして細々と枕絵や魔除けの護符などを描いているが、その実力はわし以上のものなのだよ」

玉栄が言うと、宇兵衛は照れて頭を掻いた。

「いや、それほど何から何までやらぬと、御家人暮らしは大変ということでしてな」

宇兵衛は言った。やがて二人で次の作品の打ち合わせもあるだろうからと、藤吉は適当な頃合に藤乃屋を辞したのだった。

店に戻ると、入れ代わりに庄助は帰り、そのまま藤吉は七ツ半（午後五時頃）まで店を開けていた。北斎の絵や宣伝文句のおかげで、客もだいぶ来るようになり、彼もお馴染《なじ》みの顔を覚えはじめた。

やがて店じまいをし、夕餉の仕度にかかろうとすると、いきなり志乃が顔を出した。

「藤吉さん、良かったらうちで夕餉を」

「あ……、しかしご迷惑では」

「一人では寂しいし、少し多めに作ってしまいましたので」

言われて、藤吉は好意に甘えることにした。確かに亭主の田崎悠吾は青梅に行ってしまっているし、仲の良い源太と光の二人もまだ上総から戻っていないようだ。

戸締りをし、志乃の案内で裏路地を抜けると、すぐに長屋が見えてきた。そちらも二階長屋だが、藤吉の住む表通りに面した表長屋に対して、裏長屋という。

聞けば、源太と光は一軒家を持っているというのに、悠吾と志乃は、いつまでもここに住んでいるようだ。

まあ、手習いをしているので、子供の多いこの界隈《かいわい》の方が良いし、すっかり近所に馴染んでいるのだろうが、元は育ちの良かったらしい武家の志乃が、長屋の共同便所を使っているいると思うと気の毒だった。

「どうぞ、お入りになって」

志乃は中に招いてくれ、炊き立ての飯と温かな味噌汁を折敷に載せて出してくれた。あとは干物と田楽、切り干し大根と香々《こうこ》が添えられていた。

「頂戴いたします」

藤吉は上がり込んで馳走になった。

志乃はじっと座って給仕に徹している。武家の女というのは、相手が町人だろうとも一緒の食事はせぬものらしい。少々息が詰まるが、やはり一人で簡単に済ませる味気ない食事とは、段違いに腹も心も満たされる思いだった。

食事を終えると、志乃は手早く後片付けをし、自分の夕餉の仕度をした。

「あの、少しお手伝い頂けますか。二階に、子供たちの習字がやりっぱなしになっておりますので。今日は忙しくて片付ける間がありませんでした」

「分かりました。では失礼して、上がって片付けて参ります」

美しい志乃を前に、まだ帰りがたい気持ちを抱いていたし、彼女が食事するのを見ているのも悪いと思っていた藤吉は喜んで言い、二階に上がっていった。

二階は六畳一間。傾いた日が室内を眩《まぶ》しく照らしていた。ここが悠吾と志乃の寝室にもなるのだろうが、今は長机が据えられ、その上に子供たちが手習いした半紙や筆が散乱していた。

藤吉は筆や硯《すずり》を一箇所に集め、夥《おびただ》しい半紙をまとめて部屋の隅に置いた。そして長机の脚を畳んで壁に立てかけ、窓障子を開けて空気を入れ替えた。

半紙に書かれているいろは文字や初歩的な漢字を見ると、感慨深いものがあった。彼も手習いに通いたかったが、何しろ身体が弱くて家から出られず、奉公人たちが仕事の合間に教えてくれただけだったのだ。

と、間もなく階段に軽い足音が聞こえ、志乃が二階に上がってきた。もう夕餉を終えたのだろう。

「ご苦労様。では、ついでに床も延べてくださいね」

志乃は言って窓を閉め、帯を解きはじめた。

(え？　淫気が……)

藤吉は、志乃の発する甘い匂いに濃厚な淫気を感じ取った。食事の時には全く感じられなかったのに、今は六合にも及ぶ淫気が彼女を満たしているではないか。

よほど、今まで抑えつけていたものが一気に噴き上がったのだろう。もちろん、その淫気は他ならぬ藤吉に向けられたものである。

藤吉は緊張に頬を強ばらせ、とにかく言われたとおり枕屏風の陰から布団を引っ張り出して敷いた。

いつの間にか、志乃は襦袢と腰巻姿になって、熱っぽい眼差しで藤吉を見つめていた。

「ずいぶんと迷いました。でも、私の火照《ほて》りを鎮《しず》めてくれるのは、なぜだか分からないけれど、藤吉さんしかいないというような気持ちになってしまったのです……」

志乃が、言い訳のように言って横たわり、下から手を伸ばして彼の手を握り締めた。

「旦那様とは、ずいぶん長く一緒に暮らしておりますが、もともと主従という関係もあり、未だに私への遠慮が抜けません。青梅へ発つ前も、ろくにしてくれませんでした」

志乃は言いながら彼を引き寄せ、その帯を解きはじめた。

「どうか、脱いでくださいな。まだ何も知らない人に、はしたないとは思いますが、あなたの年頃は相手が誰でも良いと思えるほど淫気が溜まっていると聞きます。もちろん、どうしても最初が私でお嫌ならば諦めますが……」

志乃が、縋《すが》るような眼差しで言った。彼女は藤吉を、まだ何も知らぬ無垢《むく》と思い込んでいた。

「い、嫌じゃありません。志乃様はお美しいし、初めてお目にかかったときから何もかも教えて頂きたいと思っておりました」

藤吉も彼女の期待に応えるように無垢を装い、激しく淫気を高まらせながら言うと、あとは自分で帯を解いて着物を脱ぎ捨てた。

さらに下帯まで脱いで添い寝すると、

「まあ……！」

彼の股間に手を伸ばしてきた志乃が、声を上げてびくっと手を引っ込めた。

「なんて、大きい……」

志乃は、心底から驚いたようだ。見た目は小柄な、それこそ手習いに来ている子供たちとさして変わりない藤吉であるから、かなり彼女には後ろめたい感覚があったようだが、その大きな一物に触れ、一気にためらいが吹き飛んでしまったようだった。

「なぜ、こんなに……」

「わ、わかりません。他の人を見たことがないので……。そんなに、違うのでしょうか」

藤吉は、興奮に身を震わせて言った。確かに湯屋へ行っても、自分より大きな一物を持っている男は見たことがなかった。しかも身体が小柄だから、なおさら勃起時には異様とも思えるほど雄々《おお》しく見えてしまうのだろう。

「違います。旦那様とも、あるいは……」

志乃が言いよどんだ。どうやら彼女は、悠吾以外の男も知っているようだった。

まあ、最初から大いなる淫気を発しているのだから、あの真面目そうな悠吾だけに開発されてきたわけではないということは、容易に想像できた。

それにしても、武家の女でも町人と同じく、みな淫気を抱えているのである。いや、奔《ほん》放《ぽう》だった丹波屋の奉公人たちより、常日頃自分を抑えつけているから、武家の方が激しいとも言えた。

実際、藤吉がすでに知っている女の三人のうち、二人までが武家であり、さらに志乃が加わったのである。

「なんと、たくましい……」

志乃は身を起こし、仰向けの藤吉の股間に屈み込んできた。どうせ子供だからと、最初からあまり期待していなかったかもしれないが、今は違い、志乃は目を爛々と輝かせて先端にしゃぶりついてきた。

ほんのり汗ばんだ柔らかな両の手のひらで幹を押し包み、張り詰めた亀頭に舌を這わせた。鈴口を舌先で念入りに舐め、上品な口を大きく開くと、お歯黒の歯並びが覗いた。そしてすっぽりと喉の奥にまで呑み込み、たっぷり唾液を出してまんべんなく舌をからみつかせてきた。

「ああ……」

藤吉は快感に喘ぎ、温かく濡れた美女の口の中で最大限に膨張していった。

志乃は熱い息を彼の股間に籠もらせていたが、やがて顎が疲れたように、すぽんと口を離して舌なめずりした。

「大きすぎて、入りきりません……」

志乃は言い、大きさと硬度を口で確認すると再び添い寝し、襦袢を開いて彼に腕枕しながら豊かな乳房を押し付けてきた。

二

「ああ……、もっと吸って……」

藤吉が色づいた乳首に吸い付くと、すぐにも志乃は熱く喘ぎ、彼を抱きすくめながらくねくねと身悶えはじめた。

藤吉は柔らかな膨らみに顔を埋めながら、こりこりと硬くなった乳首を舐めたり吸ったりしながら、腋から漂う甘ったるい汗の匂いに酔いしれた。

最初の頃は、とにかく女体に触れられるだけで有頂天だったが、今では女たちの温もりや感触、匂いや味などの微妙な違いを楽しむようになっていた。特に、今のように初めてその女に触れるときというのは、何より興奮と喜びが大きかった。

乳首や脹《ふく》らみの感触、体臭もみな似ているようで確かに違っていた。

　年齢にもよるのだろう。志乃は、千織より少し上の二十代半ばの中年増。いかにも情交の悦びを知り尽くした熟れ盛りであり、またイネのような女怪とは違って、武家の慎みや恥じらいもまだ充分に残している。

　美しいばかりでなく、哀艶《あいえん》というか、そこはかとない憂いを含んだ表情も彼女の魅力の一つだった。元は大きな屋敷のお姫様でわがままに暮らしていたようだが、長年の苦労もあり、今はすっかり手習いの新造という雰囲気が板について、それでも時たま見せる育ちの良さそうな仕草が新鮮だった。

　もう片方の乳房にも吸い付くと、志乃は悶えながら激しい力で彼を抱き締めてきた。

　顔中に膨らみが密着し、藤吉は苦しげに顔を上げると、今度は志乃がぴったりと唇を重ねてきた。

　薄化粧の香りに、熱く濃厚な息の匂いが混じって、藤吉の鼻腔を満たした。すぐにも舌がぬるりと潜り込み、志乃は彼の口の中を貪《むさぼ》るように舐め回した。とろとろと注がれる温かな唾液と、湿り気のある甘い息に酔いしれながら、藤吉も舌をからめた。

　志乃は彼の手を取り、なおも乳房を揉ませながら、腰巻を取り去って股間までぐいぐいと押し付けてきた。腰に触れる吸い付くような肌と、柔らかな茂みの感触が藤吉を奮い立たせた。

「いじって……」

ようやく唇を離すと、志乃は唾液に濡れた色っぽい唇で甘く囁いた。

「そう、初めてだったわね。じゃ、最初によく見て……」

言いながら彼の身体を引き起こし、股を開いていった。藤吉も素直に半身を起こし、彼女の股間に腹ばいになって顔を進めていった。

日の入り寸前の西日を受け、志乃の白い内腿が赤く染まっていた。

藤吉の鼻先に熱気と湿り気が漂い、妖しい女の匂いが馥郁と彼を誘った。黒々とした茂みは情熱的に密集し、割れ目からはみ出す陰唇は大量の蜜汁にねっとりと潤っていた。

すると、志乃が指を当ててぐいっと陰唇を広げて見せてくれた。

「アア……、もっと見て、奥まで、近くに寄って……」

志乃は自らの行為に激しく喘ぎ、新たな淫水を漏らして下腹を波打たせた。

桃色の柔肉は、別の生き物のようにひくひくと蠢き、膣口は彼の全身を呑み込もうとするかのように涎を垂らして息づいていた。

もう我慢できず、藤吉は彼女の股間にぎゅっと顔を埋め込んでしまった。もう無垢など装わなくても、彼女はわけも分からないほど喘いでいた。

茂みに籠もった濃い女の匂いを嗅ぎながら舌を差し入れ、大量の淫水をすすりながらオ

サネを舐め上げると、

「ああーッ……、もっと舐めて、いい子ね……」

志乃は身を反らせて口走り、むっちりと内腿で彼の顔を締め付けながら、さらに両手でぐいぐいと頭を押さえつけてきた。

藤吉は鼻を茂みの丘にこすりつけ、溢れる淫水に半面を濡らしながら必死に舌を動かした。オサネに吸い付くたび、志乃の股間がびくっと跳ね上がり、藤吉も顔を上下させながら懸命に舌でオサネを追った。

「い、いい気持ち……、お願い、嚙んで……」

志乃は狂おしく悶えながら自ら両の乳房を揉み、舌だけで気を遣るほど喘いでいた。

藤吉は上の歯で包皮をめくり、完全に露出したオサネを前歯で挟み、こりこりと刺激しながら舌先で弾いた。さらに膣口に指を押し込み、濡れた天井の脹らみをこすりながら愛撫を続けた。

「あうう……、駄目、いく……！」

志乃が声を上ずらせて言い、とうとう本格的にがくんがくんと身悶え、粗相したように股間をびしょびしょにさせてしまった。

あとは、それ以上の刺激を拒むように腰をよじったので、藤吉も彼女の片方の脚をくぐり抜けて白い尻の谷間にも顔を埋め込んだ。指で双丘を広げ、可憐な肛門に鼻を押し付けると、やはり美しい武家の女でもみな同じ、ほのかな生々しい匂いが籠もり、刺激的に藤吉の鼻腔を酔わせてきた。

いつものことながら、自分のとさして変わらぬ匂いなのに、これが美女の発するものだと思うと、言いようのない芳香に思え、興奮剤に感じられるのである。

細かな襞の震えを味わい、中にも舌先を潜り込ませて、滑らかな内壁を舐め回した。

さらにむっちりした脚を舐め下り、足裏から指の股にまで舌を這わせ、味と匂いを堪能した。

その間、志乃は荒い呼吸を繰り返し、たまに感じるとびくりと肌を震わせるだけで、何をしても拒まなかった。

藤吉は両足とも味わい尽くすと、再び彼女を仰向けにして新たに溢れた淫水をすすり、割れ目内部の柔肉を掻き回すように舐めた。

「ああ……、入れて……」

志乃がうわ言のように言い、両膝を大きく開いてきた。やはりオサネへの刺激だけで気を遣るのは物足りず、本格的に挿入されたいのだろう。

藤吉は身を起こして前進し、割れ目に一物を迫らせていった。

先端を押し当ててぬめりを補充し、位置を定めてゆっくりと押し込んだ。これも、もう志乃は、彼が初めてかどうかなど判断する余裕は失っているだろう。

急角度にそそり立った肉棒は、ぬるぬるっと滑らかに潜り込んでいった。

「あぁッ……！」

志乃が顔をのけぞらせて喘ぎ、下から両手を伸ばしてきた。藤吉も根元まで深々と押し込み、熱いほどの温もりと心地よい締め付け、こすれる柔襞の摩擦快感を味わいながら身を重ねていった。

志乃がしっかりとしがみつき、藤吉も胸で豊かな乳房を押しつぶすように体重を預けていった。膣内は狭く心地よく、息づくような収縮と襞の蠢動《しゅんどう》に、今にも藤吉は果てそうになってしまった。

「な、なんて大きいの、こんなに深くまで当たる……」

志乃が切れぎれに口走り、彼の背を撫で回しながら、下から股間を突き上げてきた。

藤吉も腰を突き動かし、少しでも長く保つよう気を引き締めながら律動した。溢れる淫水がくちゅくちゅと鳴り、揺れてぶつかるふぐりまでべっとりとまみれた。

藤吉は屈み込んで両の乳首を交互に吸い、甘ったるい体臭を味わった。さらに伸び上がって唇を重ね、舌をからめながら美女の甘い唾液と吐息を堪能しながら急激に高まっていった。

「アア……、い、いくッ……！」

早まる動きに、たちまち志乃が気を遣って狂おしく身悶えた。

悩ましく収縮する膣内の蠢動に、藤吉も昇りつめ、ありったけの熱い精汁を勢いよくほとばしらせた。

「あうう……！」

志乃が噴出を受け止めて呻き、きゅっときつく締め付けてきた。

何という快感だろう。春本で読んだ蛸壺《たこつぼ》という名器ではないだろうか。柔襞が吸着し、奥へ奥へと一物を引き込むように妖しく蠢いている。

藤吉は最後の一滴まで心地よく放出し、徐々に動きを緩めながら彼女に体重を預けていった。志乃も全身の硬直を解き、やがて双方の動きが止まるとぐったりと力を抜いて身を投げ出した。

藤吉は熱く息づく柔肌に身を重ね、志乃の甘い息を吸い込みながらうっとりと快感の余韻に浸った。

彼女の淫気は一向に下火にならず、まだまだ徳利は満杯になった状態が続いている。どちらにしろ一回では治まらないのだろう。

「まだ大きいままなのね……、こんなにすごい男は初めて……」

志乃が、夢見心地の眼差しで囁いた。まだ熱い呼吸は忙《せわ》しげに繰り返され、深々と治まった一物はきゅっきゅっと締め付けられ続けている。

いつしかすっかり日は落ち、部屋の中は暗くなっていた。

もちろん藤吉も、まだ勃起したまま、続けて射精できる状態を保っていた。

試みに、少しずつ動きを再開させると、

「アアッ……！　ま、またすぐいきそう……」

志乃は生き返ったように再びしがみつき、下から股間を突き上げてきた。

「起こして……」

やがて志乃が、藤吉の首っ玉に両手を回しながら言った。藤吉も、股間を密着させたまま彼女の身体を引き起こし、互いに胡坐をかいて座った姿勢で交わり続けた。

さらに志乃が上から覆いかぶさると茶臼《ちゃうす》の体勢になり、藤吉はすっかり仰向けになって受け身になった。

両手を伸ばし、夕闇の立ち込める室内にぼうっと白く浮かぶ乳房を揉み、股間に志乃の温もりと重みを感じながら動き続けた。

志乃も合わせて腰を動かすうち、とても上体を起こしていられずに身を重ねてきた。

藤吉は下からしがみつき、口を重ねてきた志乃の舌を吸い、甘い唾液と吐息に酔いしれながら二度目の絶頂を迎えていた。

「あぁッ……、またいく、すごいわ……」

志乃も口を離して顔をのけぞらせ、きつく陰戸を締め付けながら昇りつめていった。

三

秋も深まり、物売りも梨や柿を扱うようになってきた。

藤吉の店も、すっかり地に定着して繁盛するようになった。藤吉も何度か浅草を往復して新たな薬を仕入れたり、あるいは小石川養生所に納品することもあった。

本店の丹波屋も忙しいので、あれからイネは、なかなか外出できないでいるようだ。

悠吾も戻っているので、志乃と会うこともなくなっている。

最近ちっとも鈴が顔を見せないので、藤吉はある日、少し早めに店じまいをして見に行ってみた。

「御免くださいまし」

門前で訪《おとな》うと、鈴が庭の方から回ってきた。

「まあ、ようこそ」

彼女はぱっと顔を輝かせ、すぐに彼を門の中に入れてくれた。

「千織様のご様子はいかがですか」

鈴に案内されるまま、藤吉は玄関ではなく家を迂回して裏庭へとまわって言った。しかし、開け放たれた縁側から見える座敷には、千織の姿はない。

「麹町のお屋敷にお戻りになられています。私も一緒に行っていたのですか、明日こちらへ帰っていらっしゃいますので、私は今日、一足先に戻ってお掃除を」

「そうだったのですか」

そういえば以前、実家から母親が訪ねてくると言っていたが、療養かたがた千織は実家に連れ戻されて療養しているようだった。どうせ亭主が下田から帰宅するのは来春だ。妻として家を守る役目はあるだろうが、少しぐらいならと母親が連れ帰ってしまったのであろう。

しかし鈴の話では、千織の体調もすっかり良くなり、もう何の心配も要らないほど順調に回復しているらしい。

「今日は、お店の方は？」

「ええ、早じまいしました」

「では、できましたらご一緒に夕餉を」

「ええ、助かります」

鈴の言葉に、藤吉も頷いた。彼女も、家に一人きりだから伸び伸びしているようだ。

並んで縁側に腰掛け、二人はしばし黙って庭木を見ていた。

鈴の淫気が、三合から四合ほどに増えつつあった。

おそらく、藤吉と結ばれた一夜のことを思い出しているのだろう。何しろ会うのは、あれ以来なのである。

見ると、よしずの陰に水の張られた盥《たらい》が据えられている。どうやら鈴は、部屋の掃除も全て終えて汗をかいたので、一人で行水しようとしているところだったらしい。

「よろしかったら、どうぞ構わずに」

「ええ、でも……」

藤吉が盥を指して言うと、鈴はもじもじと答えた。甘ったるい汗の匂いがふんわりと揺らめき、淫気が五合を超えた。

「では、一緒に浴びますか？」

藤吉が言うと、鈴は迷うように身じろいだ。

明日には千織が戻ってくるから、二人きりでいられるのは今日だけだ。おそらく鈴も、きっと藤吉に会いたかったに違いない。彼は自分に都合の良いように考え、ここは積極的になろうと思った。

それに今までの例から言い、どうも相手に少しでも淫気が湧くと、藤吉の抱いた欲望と連動し、どんどん膨れ上がっていくような気がしているのだ。どちらがどちらの淫気を呼び起こしているのか分からないが、とにかく、自分がしたくなればなるほど、その衝動が伝わり合って相手も激しく高まってくるのである。

藤吉は思い切って、そっと彼女の手を握った。そして促すように縁側を降りると、彼女ものろのろと従った。

もう大丈夫だろう。家に訪ねてくるものはいないだろうし、裏庭の回りは高い垣根で囲われている。しかもよしずが斜めに立てかけられているので、誰からも見られる恐れはなかった。

「さあ、じゃ脱ぎましょうね」

よしずの陰に入ると、藤吉は言ってしゃがみ込み、鈴の帯を解きはじめた。相手は年下とはいえ武家娘なのだが、どうにも見た目が愛くるしいので、幼い少女にでも話しかける感じになってしまった。

そして鈴も俯きながら、されるままじっとしていた。

帯を解いて着物を脱がせ、襦袢と腰巻姿にさせた鈴を、もう一度縁側に腰かけさせた。

もちろんすぐに水に浸けるつもりはなく、まずはせっかく汗ばんだ身体中を味わいたかった。

藤吉は自分も帯と着物を取り去り、下帯一枚になってから、彼女の襦袢を脱がせにかかった。

「あん……」

鈴が、恥じらいに小さく声を洩らして肩をすくめた。前回は真夜中だったが、今は眩しいほどの夕日が射して美少女の身体を照らし出している。

それでも襦袢を剝ぎ取ると、張りのある膨らみを見せた乳房が露わになった。

鈴はそれを両手で隠し、藤吉はしゃがみ込んで緋色の腰巻に手をかける前に、彼女の足首を両手で押し包んだ。

そのまま持ち上げ、草履を脱がせると、彼は鈴の足裏にそっと顔を押し当てた。

「ああ……、何をするんです……」

「どうか、じっとして……」

鈴の言葉に藤吉が答えると、彼女はじっと身を硬くするだけだった。淫気はすでに七合を超えているので、あとはもう藤吉の言いなりだろう。

足裏に舌を這わせ、指の股に鼻を押し付けると、濃厚な匂いが鼻腔を刺激してきた。汗と脂、土と埃、それにうっすらとした垢じみた匂いが混合され、何とも可愛らしい芳香になって籠もっていた。

爪先にしゃぶりつき、指の股にぬるっと舌を割り込ませると、ほのかにしょっぱい味がした。

「い、いけません……、汚いのに……」

鈴は声を震わせて言い、身体をのけぞらせた。そのため胸を隠す余裕もなくなり、後ろに手を突いて足を差し出す格好となった。

藤吉はもう片方の足も持ち上げてしゃぶり、どちらも味と匂いが消え去るまで貪り尽してしまった。そしてすべすべの脚を舐め上げ、腰巻の紐を解いて開きながら、内腿の間に顔を割り込ませていった。

「アアッ……、駄目……」

鈴は言ったが、すっかり声にも力が入らず、いつしか縁側に仰向けになり、藤吉の方に脚と股間を突き出す形になってしまった。

藤吉は鈴の中心部に顔を進め、楚々とした茂みと、ぷっくりと肉づきのよい割れ目を見つめた。はみ出した陰唇の間から溢れる蜜は、驚くほど大量で、すでに肛門の方にまで伝い流れはじめていた。

指で陰唇を広げると、微かにぴちゃっと湿った音がして、中の柔肉が丸見えになった。触れられて、鈴がびくりと内腿を震わせた。藤吉は、前のときには良く見えなかった可愛い膣口や、光沢のある小粒のオサネを眺め、やがて顔を押し当てていった。

「あう……、や、やめて……」

鈴は声を上ずらせて言ったが、すでに淫気が八合を超え、抵抗する力は失われていた。

柔らかな若草に鼻を埋めると、何とも甘ったるい汗の匂いが馥郁と鼻腔に満ちてきた。もちろん汗ばかりでなく、残尿や恥垢などの蒸れた匂いも悩ましく、藤吉は何度も深呼吸して嗅ぎまくった。

舌を伸ばし、まずは淫水に濡れた肌を舐め、陰唇に吸い付き、徐々に中に差し入れていった。柔肉はぬるっとして生温かく、イネや千織のような淡い酸味ではなく、汗に近いうっすらとしょっぱい味が感じられた。

溢れる蜜汁は粘り気があり、膣口を舐めるごとに細かな襞が吸い付き、オサネを舐め上げると鈴の全身がびくっと激しく強ばった。

「アア……、も、もう駄目……」

鈴は激しく喘ぎながら口走り、ひくひくと滑らかな下腹を波打たせた。

藤吉は彼女の両足を浮かせ、白い尻の谷間にも鼻と口を密着させた。汗ばんだ匂いの中に、秘めやかで生々しい匂いが籠もり、藤吉はきゅっとつぼまった肛門を執拗に舐め回した。さらに内部にも潜り込ませると、ぬるっとした粘膜には淡く甘苦いような味覚が感じられた。

やがて藤吉は、美少女の前も後ろも心ゆくまで舐めまわし、味と匂いを堪能してから、ぐったりとなった彼女を引き起こした。そして身体を支えながら盥に導くと、鈴は水に浸かって座り込んだ。

藤吉も下帯を解いて全裸になり、屈み込みながら今度は鈴の薄桃色の乳首にちゅっと吸い付いた。

「あん……！」

鈴が声を上げ、夢中で藤吉の顔を抱きすくめてきた。膨らみは、まだ硬く張りがあり、胸元や腋はじっとりと汗ばんで甘ったるい匂いを放っていた。

藤吉は両の乳首を交互に吸い、さらに淡い腋毛の煙る腋の下にも顔を押し当てて、美少女の濃厚な体臭を嗅ぎながら、水に浸かった割れ目に指を這わせた。不思議なもので、水の中でも溢れてくる淫水のぬめりが良く分かった。

そして鈴の全ての味と匂いを楽しんでから、藤吉はようやく伸び上がって彼女にぴったりと唇を重ねた。まさにイネに教わった、足から口までの愛撫の順序を守ったのだ。

「ンン……」

淫気を満杯にしながら鈴は熱く呻き、果実のように甘酸っぱい息を弾ませながら、潜り込ませた藤吉の舌に強く吸い付いてきた。

四

「どうか、立ってください」

鈴を立たせると、入れ代わりに藤吉も盥に座り込み、股間を浸して洗った。ひんやりした井戸水が、火照った下半身に心地よかった。

すると、座った藤吉の顔の正面に股間が近づいたので、鈴は恥らいながら身を引こうとした。もちろん彼は、その股間を引き寄せ、立って膝をがくがく震わせている鈴の割れ目をもう一度舐めた。

「あん……！」

鈴は可愛い声を上げ、懸命に腰を引こうとしたが、淫気は一向に減らず満杯になっていた。洗ってしまったため匂いは薄れてしまったが、蜜汁の方は後から後から大洪水になって溢れ続けていた。

藤吉は濡れた割れ目に顔を埋めながら、前からしてみたかったことを口にした。

「お鈴さん。どうか、このままの格好で、ゆばりを放ってもらえませんか」

自分の恥ずかしい要求に、藤吉は激しく胸を高鳴らせた。

「え……？」

鈴は最初、何を言われたか理解できなかったようだった。

「綺麗な方でも出すのかどうか知りたいのです。それに、好きな女の出したものは、たいそう身体に良いと薬種の本にありましたので」

藤吉は重ねて言うと、鈴もようやく意味を理解したようにびくりと身じろいだ。

もちろん薬種の本にも書かれているが、実際には丹波屋では売っていない。むしろ藤乃屋の春本の方に、多くそうしたことが書かれていたのだった。

「で、でも、そんなこと……」

鈴は及び腰になりながら言った。しかし淫気は満々だし、恥ずかしい行為が更なる快感を生むことも、彼女は無意識に感じ取っているようで、何が何でも拒むという色は見せていなかった。

もう一押しと、藤吉は逃げないよう鈴の腰を抱き寄せ、さらに片方の脚を縁側に乗せさせてしまった。これで彼女は大股開きになって、割れ目の中身まで覗《のぞ》かせた。

「さあ、どうかこのまま……」

「お、お身体に、かかります……」

「良いのです、これで」

藤吉が執拗《しつよう》に求めると、鈴もこの格好を早く終わらせたいと思ったか、徐々に下腹に力を入れはじめてくれたようだった。白く滑らかな下腹が張り詰め、陰唇の間から見える柔肉が何度か迫り出すように盛り上がった。

その肉の頂点にある、ぽつんとした小孔から、やがてちょろっと水流が漏れてきた。

「アア……、や、やっぱり駄目……」

尿口を緩めてしまってから、鈴は夢から醒《さ》めたように慌てて孔を引き締めた。

しかし、いったん放たれた流れは治まることもなく、ちょろちょろと次第に勢いを増して、ゆるやかな放物線を描く一条の流れとなっていった。

それは藤吉の胸に降りかかり、ほのかな匂いを揺らめかせながら温かく肌を伝い流れ、勃起した肉棒を心地よく浸していった。

藤吉は堪らず、顔を寄せて流れを口に受け止めてしまった。

ほのかな香りが口いっぱいに広がったが不快ではなく、むしろ味も匂いも淡すぎて単なる白湯《さゆ》に近い感じだった。

だから飲み込んでも抵抗はなく、美少女の肉体から出たものを取り入れる悦びに酔いしれながら、いつしか藤吉は直接割れ目に口を押し当てて飲んだ。

「あっ！　い、いけません、そのような……！」

触れられて、やっと気づいたように鈴が声を上げた。

しかし藤吉はしっかり彼女の腰を抱え込み、鈴もまた倒れないよう彼の頭に両手をかけて身体を支えていた。

弱々しかった流れは、すぐに治まってしまった。それでも藤吉は口を離さず、余りの雫をすすりながら、割れ目内部に舌を這わせ続けた。

淡かったゆばりの味と匂いがたちまち薄れ、新たに溢れた淫水のぬめりが満ちてきた。

「あうう……、も、もう堪忍して……」

鈴がか細い声で言い、とうとう立っていられなくなったように、くたくたと彼の膝に座り込んできてしまった。

藤吉は抱きとめ、今度は自分が身を起こして縁側に腰を下ろした。そして盥に座り込んだ鈴の鼻先に、激しく勃起した肉棒の先端を突きつけた。

彼女は吸い寄せられるように顔を寄せ、すぐに丸く開いた口でしゃぶりついてきた。

藤吉は彼女の残り香の中、うっとりと快感に身を任せた。

鈴は喉の奥まで呑み込み、温かな唾液に濡れた口の中をきゅっと締め付けた。さらに顔を前後させてすぽすぽと唇で摩擦をし、羞恥に乱れた心を取り戻そうとするかのように激しく貪《むさぼ》った。

「ああ……、気持ちいい……」

藤吉は口走り、両手を後ろに突いて股間を突き出した。

鈴はちゅーっと強く吸いながらすぽんと引き抜き、今度はふぐりにもしゃぶりつき、さらに彼の脚を浮かせて肛門まで念入りに舐めてくれた。

美少女の舌先がぬるっと入ると、藤吉は肛門をきゅっと締め付け、その柔らかく滑らかな感触に酔いしれた。武家娘の舌を肛門で感じるというのは、罰が当たりそうなほど大きな快感だった。

鈴は充分に舐め、熱い息を彼の股間に籠もらせてから、再び幹の裏側を舐め上げ、張り詰めた亀頭を呑み込んできた。

からみつく舌と無邪気な吸引に、藤吉は急激に高まった。もう彼も我慢せず、夕餉前にこのまま一度出しておくことにした。

「い、いく……」

藤吉は言いながら、上下する彼女の口の動きに合わせ、下からも股間を突き上げて動かした。先端が彼女の喉の奥の肉を突くと、鈴は苦しげに息を詰め、さらに大量の唾液を分泌させて一物を浸した。

たちまち藤吉は宙に舞うような大きな快感に包まれ、美少女の口の中で肉棒を脈打たせた。同時に、大量の熱い精汁が勢いよくほとばしり、どくんどくんと彼女の喉の奥を直撃した。

「ク……ンン……」

鈴は僅かに眉をひそめて呻いたが、それは不快だからではなく、咳き込みそうになるのを堪えたためだろう。だから口は離さず、中にいっぱい溜まった精汁を少しずつ喉に流し込み、強く吸いながら飲み込み続けた。

「ああ……」

藤吉は夢見心地で喘ぎ、美少女に飲まれている感激に酔いしれながら、最後の一滴まで絞り出した。彼女の熱い息が恥毛をくすぐり、上気した頰をすぼめるたびに、余りの精汁が吸い出された。

ようやく彼が力を抜くと、もう出ないと知った鈴が吸引を止め、そっと口を離した。唾液が糸を引いて淫らに鈴口と唇を結んだ。

藤吉はすっかり満足して身を投げ出し、鈴は盥の水を両手ですくって、唾液に濡れた一物を洗い流してくれた。そして彼女はもう一度身体を流してから肌を拭き、盥の水を流して着物を着た。

藤吉も身づくろいし、暮れなずむ庭を眺めながら縁側で横になって休息した。

鈴は、厨《くりや》に行って黙々と夕餉の仕度を始めたようだ。

やがて飯の炊ける匂いがし、藤吉も起き上がった。鈴の淫気を測ってみると、まだ六合以上は保っている。あるいは夕餉の仕度をしながら、藤吉と所帯を持ったような気分になり、さらに食事後のことを思わずにはいられなくなって、淫気が高まったままになっているのだろうと思った。

藤吉は呼ばれて厨に行き、先に食事を済ませた。質素であるが、やはり一人とは違い腹も胸もいっぱいになった。

そして鈴も手早く食事を終えると、彼女が洗い物をしている間に藤吉は座敷に床を延べてしまった。千織が寝ていた部屋ではなく、隣室にも布団があったので、そこが鈴の部屋なのだろう。

行燈に灯を入れて先に着物を脱ぎ、下帯まで解いて横になっていると、やはり布団には鈴の甘ったるい匂いが染み付いていた。

間もなく鈴も、あちこちの戸締りを済ませて部屋に入ってきた。

恥じらいを含んで背を向け、座りながら帯と着物を脱ぎはじめる。藤吉も後ろから手を伸ばして腰巻の紐を解くと、彼女も一糸まとわぬ姿になって布団に滑り込んできた。

腕枕してやると、鈴が激しくしがみつき、火照《ほて》った肌を密着させた。

「何だか、この世に二人きりのようですね……」

藤吉は、感慨を込めて囁き、そっと鈴に唇を重ねていった。

彼女は早くも熱く甘酸っぱい息を弾ませ、激しく舌をからませてきた。

前回は初めてだったので出血があったが、痛みの中にある快楽もまた、忘れてはいないだろう。鈴は期待と興奮に、熱い鼓動を伝えてきた。

藤吉は口を離し、彼女の首筋を舐め降りて両の乳首を吸い、真下に降りて陰戸を念入りに舐めた。すでに割れ目から溢れるほどに熱い蜜汁が湧き出し、舐め回す彼の舌の動きを滑らかにさせた。

「ああ……、藤吉さん……」

鈴が狂おしく身悶えながら言った。

藤吉は念入りにオサネを舐め、指を膣口に入れて充分に内壁を揉みほぐしてから身を起こした。そして股間を進め、先端をこすりつけて淫水に濡らしてから、ゆっくりと挿入していった。

「アアッ……！」

鈴が顔をしかめ、びくっと身をのけ反らせたが、潤いの助けを借りて一物はぬるぬるっと滑らかに呑み込まれていった。藤吉は快感に息を詰め、股間を密着させながら身を重ねていった。

鈴も、初めてのときほどの激痛は感じないようで、むしろ一つになった喜びに激しく下からしがみついてきた……。

五

「ああ、済まない。来てもらったのには頼みたいことがあるからだ」

玉栄が、茶を淹れてくれながら言った。

藤吉は、市ヶ谷の藤乃屋に来ていた。閉店しようとすると、使いの小僧が来て玉栄が呼んでいると言うので、急いで出向いてきたのである。

「はい、何なりと仰ってくださいませ。お世話になっている玉栄先生のお頼みとあれば、どのようなことでも」

「そんなに畏《かしこ》まった話じゃあないんだ。お前さんにしかできない仕事があるのさ」

玉栄は言い、茶をすすって口を湿らせてから続けた。

「さる大店のご主人がな、十二社にある水茶屋の看板娘に入れ上げて、先日とうとう自分のものにした。喜んで柳《やなぎ》町に家を一軒与えたは良いが、どうにもその娘か感じない体質のようで、揉んでも舐めても、ウンでもなければスンでもない」

「ははあ……」

「とびきりの美形とはいえ、何も反応がないのでは面白くないし、大金をはたいて手にした甲斐《かい》もない。そこでお前さん、その娘に会って、淫気があるものかどうか計ってほしいのさ」

言われて、藤吉は食指が動いた。美形というだけでも好奇心をそそられるうえ、冷感体《れいかん》質ともなれば今までに出会ったことのない種類の女である。

まだ経験は浅いが、淫気のない女など出会ったこともなかった。それを確認したいし、ほんの僅《わず》かでもあるものならば、自分の技でさらに淫気を大きくさせてみたかった。

「その、大店のご主人は承知しているのですか？」

「ああ、承知だ。むしろわしが話すと、そんな術を持った方がいるのなら、是非にも見てもらい、淫気を引き出すなり色事の良さを教えるなりしてほしいということだ。本人も好き物とはいえ六十近いからな、悋気《りんき》よりは娘に悦びを知ってもらいたいという気持ちでいっぱいなのだろう。だから、何をしても良い」

「わ、わかりました。何とかやってみます」

「おお、承知してくれるのなら早い方が良い。これからでも行ってみてくれ。柳町の外れにある黒塀の家だ。すぐに分かる。娘は十八歳、名はお葉《よう》」

玉栄は言い、前金として一両くれた。女を抱いてこんなに貰うのは申し訳ないが、もし彼女に淫気が芽生えれば、さらなる礼金が用意されるということだった。

「では早速、行って参ります」

「頼む。だが一つだけ注意してくれ。もし淫気が芽生えても、お前さんとだけできるようになるのでは意味がないぞ。そのご主人とできるようにするのが目的だから、惚れられるようなことなく、色事の喜びのみ教えるのだ。難しいだろうが、医者のふりでもすれば良かろう」

「わかりました」

確かに難しいことだが、興味の方が大きいので、藤吉は玉栄に一礼して藤乃屋を出た。

その足で、すぐ近くの柳町に向かい、目当ての黒塀の一軒家を見つけた。

「御免くださいまし。藤乃屋さんから伺《うかが》って参りましたが」

藤吉が訪《おとな》うと、すぐに中から一人の若い女が出てきた。これが葉だろう。

「お葉さんでございますか。私は丹波屋の藤吉と申します」

「ええ、伺っております。どうぞお入りくださいませ」

葉は折り目正しく言い、すぐに彼を招き入れてくれた。

家は、仕舞屋《しもたや》で小ぢんまりとしているがなかなか住み心地が良さそうだ。座敷が二間、小さな庭もある。その大店の主人も、そう毎日来るわけでもなかろうから、普段は習い事をしたり気ままに過ごしているようだった。

なるほど、十八の葉は確かに美しい。

人形のように整った顔に、どこか儚《はかな》げな月の眉、黒目がちの眼差《まなざ》しも憂《うれ》いを含み、肌は透《す》けるように白かった。まるで内側から、ぼうっと青白い光でも発し、何やらこの世のものとも思われぬ雰囲気があった。これなら水茶屋の看板娘として店が繁盛し、また金持ちの男が手に入れたがるのも無理はなかった。

そんな彼女を好き勝手にできると思うと、藤吉の股間は熱くなってきたが、もちろん葉からは微塵の淫気も感じ取れない。

「私のことは、どのように伺っているのですか」

「はい。女の喜びをご教授くださる方が来られると聞いていましたが、まさか坊やのようにお若い方とは」

初めて、葉が笑みを浮かべた。

「これでも、もう十七です。それに薬種問屋の傍ら、医師の真似事もしておりますので、どうかお任せください」

藤吉は苦笑して言い、まずは葉に過去のことをいろいろ訊いてみた。

彼女は川越《かわごえ》の生まれで、五年前に内藤新宿に出てきて料理屋で奉公した。やがて水茶屋に引き抜かれて二年、今回大店の妾になるまで多くの男たちに言い寄られたという。

知っている男の数は三人。今の主人の他には、料理屋時代の亭主と通ってきた遊び人の男に抱かれ、いずれも長続きしなかったという。

「自分でいじることは？」

「ありません。何のために？」

「気持ち良くなるでしょう」

「気持ち良いのは、美味しいものを頂いたときと、柔らかなお布団で寝るときです」

葉は、透き通った笑みで答えた。肉体は充分に成熟しているのだが、まだ色の快感を知らないというのは本当のようだった。まあ三人の男と情交しているのだから、知らないというよりは感じないのだろう。

逆に、葉は藤吉に訊いてきた。

「色事で気持ち良いとは、どのようなものなのですか」

「ええ、痒《かゆ》いところに手が届くというか、あるいは何やら、いけない心地よさに似ていますね。うまくいえないが、これぱかりは実際にしてみないと」

話をしていても、一向に葉の淫気は芽生えてこなかった。

まだ実地に移すのは早い。というより美しい葉と話をしているだけで藤吉は、うっとりしてきてしまうのである。

もう少し、具体的な話をしてみることにした。

「今までの男には、どのようなことをされましたか」

藤吉は訊いたが、どれも通り一遍の情交だけのようだ。最初は住み込みの料理屋の亭主だが、もちろん挿入されたときは痛く、出血して泣いてしまったようだが、やがて数を重ねるうち間もなく痛みはなくなったらしい。

その後は、挿入されることに抵抗はないようだから、特に痛みへの恐怖というのではなさそうだ。そして今の大店の主人は、女の扱いにも慣れているようだから、千織の夫のような堅物でもなく、ちゃんと全身隅から隅まで舐めるらしい。

六十年配ならば、性急な挿入よりも、全身を舐めて愛《め》でる傾向にあるだろうから、決して愛撫が等閑《なおざり》なわけではない。特にオサネは念入りに舐められているだろうが、それでも感じないのであれば、相当に厄介《やっかい》であった。

とにかく葉は、舐められることも挿入されることも数をこなしているのに、感じないというのは本当のようだった。

「では、そろそろ実際に……」

藤吉は、やや緊張気味に切り出した。すると葉は気軽に立ち上がり、

「こちらへどうぞ」

奥の座敷に彼を招き入れた。そこには、すでに床が延べられていた。

まだ日は暮れず、障子越しに西日が射していた。布団は、大店の主人が揃えてくれた贅沢なものである。

「では、全部脱いで横になってください」

藤吉は、本当に医者にでもなったように平静を保って言ったが、内心は期待と興奮でいっぱいだった。

しかし、自分だけ快楽を得て、彼女が感じないままだったら何もならない。一両も貰っているのだから、単なるやり得ではなく、葉にも何らかの変化をもたらしたかった。その気負いと緊張があるから、かえって彼は欲望のみにのめり込むことがなく、冷静な部分を

残すことができたのだった。

葉はためらいなく帯を解き、着物と襦袢を脱ぎ捨てた。さらに、全部と言われたので腰巻まで取り去り、一糸まとわぬ姿で布団に仰向けになった。

顔ばかりでなく、肉体の方も実に見事だった。乳房は張りがあって形良く、大きすぎず小さすぎず、くびれた腹から腰の丸みに到る線は、正に名工が作った完璧な人形のように均整が取れていた。

ふっくらと丸みを帯びた股間の丘の茂みは、濃くなく薄くなく、実に程よい生え具合である。この身体を見て、奮い立たない男はいないだろう。

しかも全裸になると、今まで着物の内に籠もっていた肌の熱気が、ふんわりとした甘い女の匂いを含んで揺らめき、部屋の中に馥郁と漂いはじめていた。ちゃんと通常の女のように、いや、それ以上に汗もかくし、匂いも人一倍発しているのだった。

「見られることは、恥ずかしくないですか」

「少し、恥ずかしいけれど、じき慣れます」

葉は、胸を隠しもせず、じっと横たわったまま静かに言った。

やがて藤吉も帯を解き、着物を脱いで下帯一枚になった。激しく勃起しているので、すぐにも全裸になりたいのだが、治療という名目で来ているのだ。葉に、欲望が目的と思われるのは気が引け、藤吉は冷静なふりをして彼女に迫っていった。

「もし、感じるとか嫌だとか、そうした気持ちになったら何でも遠慮なく言ってくださいね」

藤吉は、そう前置きしながら彼女の乳房に手を伸ばしていった。

第五章　感じぬ女に色事の教授

一

「痛くないですか。ほどの良いところで言ってくださいね」

藤吉は言いながら、葉の張りのある乳房を揉みしだいた。肌は吸い付くようで、実に滑らかな手触りだった。乳首も乳輪も光沢のある初々しい薄桃色で、膨らみは実に柔らかかった。

「ええ、大丈夫です」

葉の答《いら》えにも息遣いにも、全く乱れはなかった。肌が熱くなってくる変化もなく、もちろん淫気も皆無であった。

藤吉はまだ焦《あせ》らず、指先で乳首を弄《もてあそ》びながら屈み込み、そっと唇を求めていった。

葉は、睫毛を伏せてじっとしている。感じない代わりに、初対面の男に触れられる嫌悪感も抱いていないようだった。

うっすらと紅をさした形よい唇から、白くぬらりとした歯並びが覗いて、熱く湿り気のある呼吸が微かに洩れていた。唇を重ねると、柔らかな感触が伝わるとともに、鈴に似た甘酸っぱい匂いの息が鼻腔を刺激してきた。

舌を差し入れ、匂いと感触を味わいながら滑らかな歯並びを舐めた。

やがて葉の前歯が開かれ、舌が触れ合ってきた。これは三人の男たちに教わり、そうするものだと思ってしているのだろう。

舌は柔らかく、温かな唾液に濡れてぬらぬらしていた。口の中もかぐわしく、藤吉は次第に夢中になって激しく舐めまわし、柔肌を撫で下りて股間を探ってみた。

茂みを掻き分け、真下の割れ目に沿って指を這わせていったが、やはり潤いはなく、藤吉も我《われ》に返って冷静になった。

唇を離すと、彼は葉の耳たぶをそっと噛《か》み、白い首筋を舐め下りて乳首に吸い付いていった。

唇に挟んで吸い、舌で転がしながら顔全体を膨らみに押し付けたが、葉はぴくりとも反応しない。藤吉はもう片方の乳首も含み、充分に愛撫してから腋の下に顔を埋め込んだ。

甘ったるい濃厚な汗の匂いと、楚々《そそ》とした腋毛の舌ざわりを味わってから、彼は脇腹を舐め下りていった。

実に綺麗な肌だ。これで反応があれば素晴らしいのだが、葉はじっとしているだけだ。まだ股間には向かわず、イネに伝授されたやり方で、そのまま藤吉は葉の脚を舌で下降し、足裏に顔を押し当てていった。

ほんのり汗ばんだ足は、やはり特に指の股に匂いが籠もっていた。あまり動かなくても、この部分は汗と脂の湿り気を持ち、馥郁たる匂いを放っていた。

爪先にしゃぶりつき、指の股にぬるりと舌を割り込ませた。

葉の反応はない。

「感じませんか？」

焦《じ》れたように、藤吉が言った。

「くすぐったいですけれど、我慢できないほどではありません。それより、汚いので申し訳ない気が」

葉の声には、まだ何の乱れも変化もなかった。

藤吉は落胆することなく、愛撫を続行させた。まだ肝心の部分には触れていないのだ。諦めるのは早いだろう。

両足とも、藤吉は念入りに舐めてから彼女の両膝を開かせた。そして腹ばいになりながら顔を進め、白くむっちりした内腿を舐め上げていった。

いよいよ彼の鼻先に、とびきりの美女の股間が迫った。

色っぽい生え具合の茂みに、熟《う》れた果実のような割れ目が息づいていた。藤吉はそっと指を当て、はみ出している陰唇を左右に広げて見た。

桃色の柔肉が丸見えになり、細かな襞に囲まれた膣口と、包皮の下に隠れている小さなオサネが確認できた。潤いは、全くないというわけではないが、腋の下と同じ程度の湿り気があるだけで、熱く充血した様子もなければ、快感を待って膣口が収縮している感じも見受けられなかった。

藤吉は顔を埋め込んだ。

柔らかな茂みに鼻を埋めると、紛《まご》うことのない熟れた女の体臭が甘ったるく鼻腔に侵入してきた。

藤吉は鼻をこすりつけ、隅々に籠もった悩ましい匂いを吸収しながら割れ目に舌を這わせはじめた。表面は淡い汗の味が感じられる程度で、徐々に中に差し入れて蠢《うごめ》かせると、彼自身の唾液のぬめりで、次第に舌先はぬらぬらと滑らかに動きはじめた。

その潤いの中に、彼女の淫水は一体どれほど含まれているだろう。

襞を探るように膣口を舐め、オサネを舐め上げていったが、葉の内腿や下腹はぴくりとも動かなかった。

上唇で包皮を押し上げ、完全に露出したオサネを小刻みに弾くように舐めながら、藤吉はそっと目を上げて様子を見た。しかし目を閉じた葉の表情は変わらず、形良い乳房も通常の呼吸による起伏しかしていなかった。

藤吉は両足を浮かせ、白く豊かな尻の谷間に鼻を埋め込んだ。秘めやかな匂いも、全く他の女と同じである。彼は匂いを味わい、顔全体にむっちりと双丘を密着させながら舌を這わせた。細かな襞を舐め、充分にぬめらせてから内部にも浅く潜り込ませ、ぬるっとした粘膜を味わった。

「ん……」

小さく、葉が呻《うめ》いて肛門を引き締めた。

しかし、これは感じているわけではなく、単に異物感と、足舐めのときのような申し訳ない気持ちからくる小さな反応でしかないようだった。それは、葉の淫気が一向に増えていないことからも分かった。

やがて充分に舐めてから舌を離し、再び藤吉は割れ目を舐め回した。普通なら、肛門を舐めた後にはすっかり潤っているはずなのだが、やはり葉の淫水は溢れていなかった。

今度はオサネを舐めながら、人差し指を膣口に押し込んでみた。

さすがに狭い感じではあるが、中は温かく、案外滑らかにぬるっと入った。藤吉は天井の膨らみを指の腹で圧迫しながら、オサネを舐めまわした。

まだ葉の反応はない。

そろそろ藤吉も焦りはじめていた。オサネを責めて感じない女とは出会ったことがないのだ。

この上は、どう責めたら良いものか。

いま挿入したところで、おそらく葉は何も感じないままだろう。第一、藤吉がした今までのことぐらい、他の男もしてきたに違いない。

もちろん丹波屋で扱っているような、婦人用の媚薬など何の役にも立たないだろう。

彼は薬種問屋の倅の癖に、媚薬の類《たぐい》はあまり信用していなかった。それは父親の彦十郎も同じかもしれない。

丹波屋は、両国にある有名な四つ目屋（媚薬専門店）とも交流があるので、多くの媚薬も仕入れていた。確かに、女を感じさせる薬は何種類かある。指につけて膣口に挿入する「蠟丸《ろうがん》」、男根に塗って使う「女悦丸《にょえつがん》」、渓斎英泉も艶本で宣伝した「寝乱れ髪」、潮吹きを促す「床の海」等々。

だが、どれも女の淫気を増長させるという効果はあったとしても、最初から何もない淫気を増やすことなどはできないのだ。

思いあぐねた藤吉は、つい舐めているオサネを前歯で嚙んでしまった。

「あう！」

葉が声を上げ、びくりと下腹を波打たせた。

「ごめんなさい。つい……、痛かったでしょう」

「いえ……」

藤吉が謝ると葉は小さく答えたが、そのとき彼は、微かに割れ目から発する甘ったるい匂いが濃くなっていることに気づいた。

（え？　淫気……？　まさか……）

藤吉は思い、感覚を研ぎ澄ませてみた。すると確かに、一合にも満たぬ量ではあるが、彼女の淫気が芽生えはじめていたではないか。

試みに、もう一度嚙もうとしたが、藤吉は止め、顔を上げて指を引き抜いた。その拍子に、ほんの少しだがぬめりが糸を引いた。

あまり、最も敏感な部分だけを強く刺激するのは良くない。それよりも彼は、思い当たることがあったのだ。

「あの、ちょっと試してみたいことがあるのです。もしお嫌だったら、すぐに言ってくださいね」

藤吉は断わっておき、彼女の脱いだ着物からしごきを一本取り出し、彼女の両手首を頭上に差し上げて縛《しば》った。たちまち、それまで平静だった葉の様子が一変し、呼吸が乱れてきた。

「な、何をするのです……！」

「嫌なら止めます。まずは、身動きできないようにしてみたいのです」

「い、嫌ではないのですけれど……」

答えながらも声を震わせ、葉はかなり不安なようだった。

さらに藤吉は、腋の下まで露わにさせた彼女の両腕を、枕元の柱にくくりつけた。

「アア……、堪忍して……」

葉が息を弾ませて口走ったが、もちろん必死に拒《こば》んでのことではなく、なにやら眠っていたものを呼び覚まされる不安があったのだろう。

「縛られたこと、あるのですか？」

藤吉は、彼女の両腕を固定してから、あらためて乳首を弄びながら訊いた。

「あう！　そ、そういえば、あります……、小さい頃に……」

「なるほど。思い出したことを話してください」

藤吉は、しばし愛撫の手を休め、まずは彼女の話を聞くことにした。彼もまた、玉栄の本で読み知ったのだが、虐《しいた》げられると燃える種類の男女がいるということで、その衝動の大半が幼い頃の体験によるものだということを思い出したのである。

やがて縛られながら、葉は訥々《とつとつ》と語りはじめた。

二

葉は幼い頃に父親を亡くし、そのあとに義父が転がり込んできた。要するに母親の色であるが、それが非常に厳しい男だったようだ。葉は何度も折檻《せっかん》のため叩かれ、手足を縛られて納屋に閉じ込められたという。

しかし義父は、葉が幼いせいもあるが淫らな行為には到らなかった。むしろ母と情交するため、邪魔者の葉を納屋に閉じ込めた節があったようだ。

それまでも葉は、何度も義父と母の情交を覗き見てしまったのだろう。

義父は母に惚《ほ》れていたようで、基本的には優しい男だった。そして愛撫され、喜悦の表情を浮かべる母親にも嫌悪感を抱き、早くに家を出ることとなったのである。

葉が情交で感じないのは、そのときの母親と自分が重なってしまうからなのだろう。

しかし一方で、叩かれ縛られた記憶もまた、鮮明に意識の下に刻み付けられた。何とい

って も、唯一の身近な男が義父なのである。他に頼るもののない幼女は、何とかして義父に好かれようと努力したに違いなかった。

あるいはそれは、無意識に母から義父を奪いたいという女の心根だったかもしれない。

しかし葉が恐れながらも好いていた義父は、母の他には目もくれなかった。

それが葉の心の澱《おり》となり、愛撫に感じなくなっていたのだろう。

しかし縛られてみて、その頃の感覚が甦《よみがえ》ってきた。

「なるほど。では、少し失礼して」

藤吉は言い、いきなり彼女の太腿を手のひらでぴしゃりと叩いてみた。

「あう!」

葉は悲鳴を上げて身をよじったが、淫気が確実に二合から三合に増えていった。

叩くのは気が引けるが、彼女の淫気を呼び覚ますためだから仕方がない。

それに義父も、さすがに器量よしの葉の顔を殴《なぐ》ることは控え、もっぱら尻ばかり叩いていたようだ。

藤吉は、激しく高まってくる葉の淫気と顕著な反応に、自分の方法が間違っていなかったことを確信した。今まで葉が相手にした男たちは、何しろ彼女の器量に惚れ込み、優しく愛撫するばかりだったのだろう。だから偶然にしろ痛みを与えるようなこともなく、彼女の感覚は眠ったままだったのだ。

藤吉は屈《かが》み込み、乳首を吸いながらもう片方を指で荒々しくつまんだ。

「あアン……！　い、いや、やめて……」

葉は声を震わせて悶えながら、淫気を半分以上に増やしていった。

さっきと、さして変わらぬ愛撫なのに、両手が縛られているというだけで葉の反応は一変していた。あるいは彼女は、折檻されながらも義父に、母と同じことをされたかったのかもしれない。

藤吉は乳首を軽く噛み、肌に痕がつかない程度に愛咬《あいこう》を繰り返しながら這い下りていった。色白の肌はすっかり上気して桃色に染まり、腋や股間から発せられる女の匂いもすっかり濃厚になっていた。

いったん火がつけば、今まで表に出なかった分の淫気までが解き放たれたのだろう。だから今の葉は、あえて叩き続けなくても誰よりも感じやすく、どこに触れてもびくっと激しく反応した。

藤吉は再び彼女の股間に潜り込み、割れ目の変化を観察してみた。

（え？　これは……）

彼は目を見張った。濃くなった女の匂いや、溢れはじめている淫水もさることながら、それ以上に驚いたのは、小さく隠れがちだったオサネが小指の先ほどにも大きく勃起し、妖しい光沢を放って突き立っていたことだった。

藤吉は顔を埋め、大量に溢れはじめた温かな淫水を舐め取りながらオサネに吸い付いていった。

「アアッ……！」

さっきも舐められたのに、今は葉の反応が段違いになっていた。

藤吉は上の歯で包皮を剝いて押さえ、舌先で小刻みに弾き上げるように舐め続けた。上下の歯で嚙むと刺激が強すぎるので、上の歯と舌先で挟む程度が最適であろう。

すでに彼女の淫気は七合を超えていたので、舐めながら藤吉も下帯を解いて全裸になっておいた。

さらに指を入れて膣内を揉みほぐすように動かし、オサネを責め続けた。

「あ……、ああ……、身体が、変に……、ああーッ……！」

葉の声が上ずり、我知らずがくがくと腰が跳ね上がるようになってきた。あるいは、産まれて初めて気を遣る瞬間かもしれない。

藤吉は暴れる腰を押さえつけながら舐め続け、二本に増やした指で天井をこすった。すると彼女が狂おしく身悶えながら、指に掻き出されるように大量の蜜汁をぴゅっと噴出させてきた。

「アアーッ……、堪忍、助けて……！」

葉が声を絞り出し、どうやら本格的に昇り詰めたように身悶えた。

両腕を縛っただけで、これほどまでに変わるものだろうか。藤吉は葉の絶頂を目の当りにし、その凄まじさに息を呑んだ。もっとも十八年間、眠っていた快感が一気に噴き上げたのだ。それは富士の噴火より激しいものかもしれない。

やがて葉は、それ以上の刺激を拒むように下半身をよじった。

ようやく藤吉は顔を上げ、潜り込ませていた指を二本ぬるっと引き抜いた。

指は湯上りのようにふやけ、攪拌《かくはん》されて白っぽく濁った淫水がべっとりと指の間に糸を引いていた。熱を持って色づいた陰唇もめくれて震え、覗いている柔肉も息づくような収縮を繰り返していた。

身を離した藤吉は、すっかり勃起している肉棒を構え、放心状態で喘いでいる葉の口に先端を押し付けた。

「ク……」

葉は小さく息を呑み、それでも素直に亀頭を含んだ。もちろん、おしゃぶりも今まで何度となく経験しているだろう。歳は近いが、舌の動きは鈴よりずっと慣れた感じだった。

藤吉は急角度の幹を下方へ押し下げ、完全に彼女の胸に跨って喉の奥にまで押し込んでいった。

口の中は温かく、とろりとした唾液がたっぷりと溢れて肉棒を浸した。

藤吉は美女の口で充分に高まると、すぐに引き抜き、彼女の股間に戻っていった。

大きく脚を開き、両膝の間に身を割り込ませて先端を押し当てた。そして位置を定め、感触を味わいながらゆっくりと貫いていった。

肉棒は、ぬるぬるっと吸い込まれるように根元まで潜り込み、熱く濡れた柔肉にきゅっと締め付けられた。

「あう……!」

葉が呻き、すっかり汗ばんだ顔をのけぞらせた。

藤吉が身を重ねても、両手を差し上げて縛られているから、彼女は下からしがみつくこともできない。

藤吉は股間を密着させて、悠々と美女の温もりと感触を味わった。とにかく、彼女を感じさせることができたのだから満足感は大きかった。今も、葉の淫気は満杯になったまま保たれている。

やがて少しずつ動きはじめると、葉も下から股間を突き上げてきた。

「ああ……、き、気持ちいいッ……！」

葉が口走った。今まで何度挿入されても、こうした感覚になるのは初めてなのだろう。

藤吉は少しずつ腰を突き動かし、次第に激しく股間をぶつけるように律動した。

そして彼女を組み敷きながら屈み込んで乳首を吸い、時には軽く嚙み、無防備な腋の下にも顔を埋め、あるいは伸び上がって唇を求めた。

そのうち、藤吉もすぐに絶頂に達してしまった。何しろ葉の締まりは良く、温もりもぬめりも最高だったのだ。

「アア……、いく……」

藤吉は思わず口走り、心地よい摩擦感覚の中、身を震わせてありったけの射精をした。

「あうう……、もっと、いいわ、死にそう……！」

葉も狂おしく喘ぎながら悩ましい収縮を繰り返し、二度目の絶頂を迎えてしまったようだった。やはり指と舌ではなく、こうして一つになった充足感も、気を遣る引き金となったのだろう。

藤吉は激しく動きながら、最後の一滴まで出し切った。

ようやく動きを止め、彼女に体重を預けながら余韻に浸った。葉もまた徐々に全身の強ばりを解いてゆき、ぐったりと力を抜いて身を投げ出した。

しばし二人は汗ばんだ肌を密着させながら、荒い呼吸を繰り返していた。

「こ、これが……、色事なのですね……」

葉が、喘ぎながらかすれた声で言った。

「そうです。これからは、いつもこうした良さが得られることでしょう」

「また、お目にかかれますか……」

「ええ、お許しがあればいつでも参上しますが、今の旦那としても、同じように良くなることと思います」

藤吉は、あくまで治療の手助けに来たことを強調して言いながら、ようやく身を離していった。桜紙で互いの股間を拭き清め、彼女の縛《いまし》めも解いてやった。

きつく縛ったわけではないので、特に彼女の両手首にも痕《あと》は印されていなかった。

「なんてお上手なの……、最初は坊やと思っていたのですが、まさか、これほどまでに感じさせてくださるとは……」

葉は、初めての快感に感動して涙ぐんでいた。

「もともとお葉さんは、感じる素質を充分に持っていたのです。私は、それを引き出すお手伝いをしただけですから」

藤吉が添い寝しながら言うと、葉は、初めて得た快感をもう一度確認したいようで、激しく彼にしがみついてきた。

どうやら、もう一度することになりそうだった。日が落ちて、障子の外はすっかり暗くなっていたが、葉の淫気は満々のままだ。

藤吉も気を引き締め、もう一度彼女を抱きすくめて唇を求めていった。

三

「大変な喜びようだぞ、おい、一体お葉さんに何を施したんだえ？」

玉栄が目を丸くして言った。よほど驚いたようで、その大店の主人の報告を受け、その足で訪ねてきたのだった。

いま初めて聞いたが、その大店とは紙問屋、泉《いずみ》堂の泉右衛門《うえもん》という人で、何と湯屋に養子に入った巳之吉の実父ということだった。その泉右衛門が、葉の急激な変わりように驚き、喜んでいるようだ。葉も、自分から情交を求めるようになり、大量に濡れ、感じるようになったらしい。

もちろん最初は、縛ってくれと頼まれた泉右衛門は戸惑ったようだが、それが葉の喜ぶ形と知ってからは、互いに新鮮な気持ちで行なえるようになったのだろう。

とにかく藤吉は、玉栄を中に入れて座ってもらった。

「はあ、確かに最初は何も感じない人だったのですが、ふとした拍子に、痛みや緊縛に感じるということが分かったもので」

「なに。それは面白い。詳しく話してくれ」

玉栄が身を乗り出した。

そして藤吉が経緯を全て話すと、やがて彼は大きく頷いた。

「そうか。わしが若ければ、やはり同じようにお葉さんの性癖に気づいたと思う。もっとも、お前さんのように相手の淫気ははっきり分からぬから、かなり手探りになっただろうがな」

「はい。私が気づいたのも、玉栄先生の本を多く読んでいたからですから」

「うん。実に女の淫気というものは、ほんの僅かなきっかけで表に出てくるものなのだなあ……」

玉栄はしみじみと言い、残りの礼金一両を出してくれた。

「そ、そんな、申し訳ないです。私も良い思いをしたのですから」

「なあに、わしも少し貰っているから、これは取っておきなさい。それから、急に喜びに目覚めたお葉さんの求めが激しいので、泉右衛門さんは嬉しい悲鳴を上げている。これからも、お前さんに彼女の相手をしてほしいということなのだが」

「ええ、それはもう、いつでも」

言われて、藤吉も顔を輝かせた。葉とは、また会いたいと思っていたし、今度は最初から彼女の性癖が分かっているから、もう少し工夫もできるだろう。

それにしても大店の主人ともなると、愛妾を独占することより満足させてやることが第一のようで、それには他人に触れられることもよしとするようだった。

「ならば、今日にでも柳町を訪ねてやってくれないか」

「はい、私の方は一向に」

「ならば頼む。さて、わしは帰って今回の話を書くことにしよう」

玉栄は立ち上がり、すぐに帰っていった。

藤吉も、そうと決まれば早めに店じまいをして葉のところへ行こうと思った。

そして戸締りをして家を出たところで、同じ長屋の辻駕籠屋の前を通ると、土間の中にふと気になるものを見つけた。

それは駕籠ではなく、天秤棒で石などの大きなものを運ぶ頑丈な網である。これは使えるかもしれないと思い、藤吉は辻駕籠屋に入っていった。

「こんにちは。これをお借りしたいのですが」

「おや、藤吉さん。構わないが、こんなもの何に使うんだい？」

初老の女将《おかみ》が出てきて気さくに言った。

「ええ、浅草の家で庭石を移動させるとか言っていて、こういうものを探していたようなので。明日には返しますが」

「いいよ、持っておいで。天秤棒は要るかい？」

「いいえ。ではこの網だけお借りします」

藤吉は礼を言い、それを丸めて背負うと辻駕籠屋を出た。あとは足早に牛込《うしごめ》柳町へと向かう。

風は晩秋のものから、初冬というに相応《ふさわ》しい冷たさになっていたが、快感への期待と荷の重さもあって藤吉の全身は火照っていた。

そして、さっき別れたばかりの玉栄の藤乃屋に近い市ヶ谷八幡の境内を横切っていると、偶然、そこに葉の姿を見かけた。どうやらお参りでもしていたのだろう。

「お葉さん」

藤吉は声をかけ、彼女に近づいた。

「まあ！　これから来て頂けるのですね」

葉も顔を輝かせ、一気に淫気を六合ばかりに高めた。

二人並んで境内を通過し、柳町方面に抜けようとすると、その時である。杜《もり》の木陰から三人の男がふらりと姿を現わした。

「あれえ、どこかで見た顔だと思ったら、水茶屋のお葉じゃねえか」

一人が声をかけてきた。見るからに破落戸《ごろつき》といった風体の男たちで、まだ日も高いのに酒が入っているようだった。一杯引っ掛けて、これから賭場《とば》へでも繰り出そうというのだろう。

「お前が店をやめてから、寂しかったんだぜえ」

「そうだ。あんなに足繁く通ったのによ。せめて今日は酒ぐらい付き合ってくれ」

男たちが口々に言う。どうやら三人とも、水茶屋で看板娘時代の彼女を見知っていたようだ。

「小僧！　お葉を借りてくぞ。さあ、一緒に来てくれや」

赤ら顔の大男が言い、葉の腕を摑んだ。

「こ、困ります。どうか……」

藤吉が慌てて彼女を引き戻そうとしたが、

「餓鬼《がき》はすっこんでろ！」

他の二人が藤吉を突き飛ばした。彼はひとたまりもなく仰向けにひっくり返った。その間にも三人は、葉を連れて境内を抜けようとしている。葉は悲鳴を上げることもできず、もがきながら懸命にこちらを振り返っていた。

と、その時である。

「大丈夫ですか」

藤吉を助け起こしてくれたものがあった。振り返ると、それは以前、近藤周助が連れていた男の子ではないか。確か、名は勝太。周助の養子に入れば、近藤勇という立派な名になるはずの少年である。

彼は、今日も質素な着物に袴姿。大小は帯びていないが、腰には太い木刀をたばさんでいた。そういえば、周助の道場もこの近くと聞いている。あるいは彼は道場での稽古に飽き足らず、境内に一人で稽古をしに来たのかもしれない。

「お待ちなさい！」

勝太少年は、藤吉を起こすと、すぐ足早に葉を連れた三人を追った。

三人も振り返り、拳骨《げんこつ》が入りそうな大きな口と四角い顔をした少年を睨《にら》んだ。

「なにい？　もっと餓鬼が出てきやがったが、待てとはどういうことだ」

「その人を離しなさい。嫌がっているでしょう」

勝太は、臆《おく》することなく言った。

その物怖じしない態度は堂々として立派だが、何といってもまだ十歳ばかりの子供だ。藤吉は、周助を呼びに行ったものかどうか迷った。

しかし、男たちの行動の方が早かった。もとより、子供相手に手加減するような手合いではない。

「大人のすることを邪魔するんじゃねえよ。とっとと消えな！」

一人が、どんと勝太少年の胸を両手で突いた。

「むぐ……！」

しかし、そのまま呻いて崩《くず》折《お》れたのは男の方であった。どうやら勝太は、男に突き飛ばされる寸前、腰の木刀の柄頭《つかがしら》で相手の水月《すいげつ》を突いていたのである。

「こ、この餓鬼！」

残る二人も気色ばんで勝太に向かった。酒の勢いもあるので、脅《おど》しでなく本気で匕首《あいくち》を抜き、突きかかってきたのである。

しかし、勝太の動きは素晴らしく迅速だった。通常の何倍もの太さの木刀を目にも留まらぬ速さで抜き、匕首を持った男の腕を砕くと、さらに赤ら顔の肋骨《ろっこつ》を粉砕していた。

「ぐわッ……！」

連中は奇声を発して地に倒れ、しばしは苦悶して起き上がることもできなかった。

勝太は木刀を腰に差し、

「どうぞ、お行きください」

葉を藤吉の方へ戻して静かに言った。何という風格だろう。この技と人格は、淫気を計る藤吉のような才能とは桁《けた》が違う。やがては人の上に立つ、将器というものなのだろうと思った。

三人も、骨は折られているが命に別状はなさそうだ。

破落戸をそのままに勝太が歩き去っていったので、藤吉も葉を連れて反対側へと抜けていった。

「強いお子ですね……」

葉は、境内を抜けてもまだ恐怖が去らぬように声を震わせて言った。

「ええ、近所の試衛館という道場に来ている子です。とにかく助かりました。礼は後日として、家へ行きましょう」

藤吉は、連中の仲間が来るような恐怖に駆られ、並んで歩くのも厭《いと》わず葉と一緒に足早に柳町へと行った。葉も震えているようだが、淫気が六合から減らず、むしろ七合を超えはじめていた。

あるいは、勾引《かどわ》かされようとした恐怖が、激しい淫気となっているのかもしれない。被《ひ》虐《ぎやく》の性癖のある彼女なら、連中に連れ去られた後の仕打ちを想像し、すっかり燃えてしまうことも有りえるだろう。

やがて二人は葉の家に入ると、戸締りをしてすぐにも床を延べた。藤吉は先に全裸になり、井戸端で土に汚れた手や顔、汗ばんだ身体をざっと洗い流した。もちろん藤吉は、葉の汗ばんだ匂いを楽しみたいので、彼女には身体も拭かせなかった。

四

「それは、何をお持ちになったのですか？」

帯を解きながら、葉が訊いてきた。藤吉が、持ってきた駕籠屋の網を、二間の境の鴨居《かもい》に掛けはじめたからだ。

「ええ、今日はこれにお葉さんを吊《つ》るそうと思うのです。縛るより刺激的ではないかと」

藤吉は思いついたことを言った。網は綺麗だし、大きな石も運べるほど太い縄で頑丈に編まれていた。

「まあ！　そのようなことを……」

葉は目を丸くして言い、急激に淫気を満杯にさせてしまった。何やら、ありまま破落戸たちに連れ去られて交互に犯された方が、彼女にとってはこの上ない悦びだったのではないだろうか。そう思うと実に複雑だった。

「縄目がつくといけませんから、あまり長い時間はしません。さあ、乗ってください」

藤吉は言い、襦袢も腰巻も取り去り、全裸にした葉を支えながら吊るした網に押し上げようとした。

「あん……、恐い……」

しかし、かなり葉は尻込みし、なかなか乗ることができなかった。

「大丈夫。しっかり結びましたし、切れることはありません」

「でも……」

「では最初に、私が乗ってみましょうか。お葉さんはあとにします」

藤吉は言って予定を変更し、最初に自分が乗ってみることにした。

網は、左右の結び目を鴨居いっぱいに広げているから、ちょうどハンモックに似た形になっている。

葉に支えられながら何とか乗り、藤吉は腹ばいになってみた。身体が反《そ》ったが、粗い網目から激しく勃起した肉棒が真下に突き出した。

それを見ると、すぐに葉も察したように、真下の敷居の上に布団を移動させてきた。

そして布団に仰向けになった葉は、下から顔を伸ばして口を寄せ、亀頭に吸い付いてきたのである。

「ああ……！」

藤吉は、予想以上の快感に声を洩らした。

腹ばいで、身体が宙に浮いたまま真下から肉棒をしゃぶられているのだ。通常では、有りえない位置からの愛撫である。

試みに身体を左右に揺すってみると、動く肉棒が葉の口から離れ、また吸われ、また離れては反対側からまた舐められた。これも実に妖しい感覚である。

葉も、熱い息を下から吹きつけながら激しくしゃぶり、時には胸を押し付けて柔らかな膨らみの谷間で一物を揉んでくれたりした。

やがて藤吉は、宙に舞う感覚を得ただけで注意深く網から下りた。やはりうつ伏せで身体が反ると、絶頂を迎えるよりも背骨が痛んでくるのだ。

降り立った彼は、葉が同じ体勢だと疲れるだろうと思い、鴨居の左右の結び目を中央に寄せた。

「さあ、これで乗ってごらんなさい」

藤吉が手を引いて言うと、今度は葉も素直に網に乗っていった。

この場合はうつ伏せではなく、尻を下にして身体をくの字にした体勢になった。まるで美しい獣が罠にかかり、木にでも吊り下げられているようだった。

「痛くありませんか」

「ええ、大丈夫……」

葉は答えながらも、身動きできない様子に声を震わせ、肌を強ばらせていた。

粗い網目の間から、白い熟れ肌がはちきれそうにはみ出していた。

藤吉は手を差し入れ、網目の隙間から顔を寄せて乳首を吸い、さらに唇を重ねて舌をからませた。甘酸っぱい息が熱く弾み、葉は淫気を溢れさせながら濃厚な肌の匂いも揺らめかせた。

「な、何だか、変な気持ち……」

「そう、お葉さんは悪者に捕まり、これからいたぶられるところなのですよ」

「ああッ……!」

葉が期待と興奮に喘ぎ、吊るされたままくねくねと身悶えた。

藤吉は真下の布団に座り、網目から覗いている股間に顔を寄せた。熟れた果肉は大量の蜜汁を溢れさせ、今にも糸を引いて滴《したた》りそうになっていた。

藤吉は口を押し付け、柔らかな茂みに籠もる匂いを嗅ぎながら割れ目に舌を這わせた。

陰唇に吸い付き、とろりとした温かな淫水をすすり、中の柔肉を掻き回すように舐めながら、大きく勃起しているオサネにも念入りな愛撫を加えた。

「アァッ……、気持ちいいわ。もっと舐めて……！」

葉が声を上ずらせて喘ぎ、網をぎしぎしいわせて激しく悶えはじめた。

藤吉は執拗にオサネを吸い、時には軽く歯を当ててこりこりと噛み、さらに尻の谷間にも顔を押し付けて、可憐な肛門の味と匂いも堪能した。

葉は、すでに小さな絶頂の波を受け止めはじめているように、ひくひくと断続的な痙攣をしていた。

本当なら、彼女を吊るしたままササラの竹ででも打ち据えてやると喜ぶのだろうが、藤吉の方にそのような趣味はないし、だいいち彼女の肌に痕を残すわけにはいかなかった。

縄目の方も肌に食い込んでいるから、そろそろ限界だろう。

藤吉は下の布団に仰向けになり、腰の下に掻巻きを押し込んで高さを調節しながら、縄目の間から肉棒を差し入れていった。

張り詰めた亀頭が膣口を丸く押し広げて潜り込み、一物全体はぬるぬるっと一気に根元まで吸い込まれた。

「ああーッ……！　いいわ、すごい……！」

葉が狂おしくもがき、息を弾ませて口走った。

これも、通常の茶臼とは違った感覚だ。仰向けの藤吉の股間に彼女の重みはかからず、ただ肝心な部分だけが熱く濡れた肉壺に納まっているのである。

肉棒はきゅっきゅっと心地よく締め付けられ、幹を伝って流れる淫水が、彼のふぐりまで温かく濡らしはじめていた。

さらに藤吉は、彼女の腰を抱え、少しずつ回転させはじめた。

葉が激しい快感に驚き、息を詰めて言った。

「アア……、何これ……！」

藤吉の方も妖しい快感を得ていた。何しろ突き立った肉棒を、締め付けながら柔襞が回転しているのだ。やがて回転も限界になって手を離すと、吊るされた葉の身体が、今度は逆回転を始めた。

「あうう……、駄目、死ぬ……！」

肉棒を中心に回転しながら、葉は声を張り上げた。

また回りきると、再び惰性で逆回転。彼女の身体が回るたび、噴出した淫水が周囲に飛び散り、藤吉の脚や胸までも広範囲に温かく濡らした。

すでに葉は何度となく絶頂に達しているようで、息も絶えだえになっていた。

続いて藤吉も、あまりに激しい摩擦快感に昇りつめ、股間を突き上げながら熱い精汁を勢いよく放った。

「ああっ……！」

藤吉は喘ぎ、最後の一滴まで心置きなく射精し、まだ揺れている葉の身体を支えた。

ようやく動きを止め、ゆっくりと引き抜いて桜紙で股間を拭った。そして余韻を味わう暇もなく身を起こして、ぐったりしている葉を抱き下ろしていった。

葉は熱い呼吸を繰り返し、藤吉に支えられながら布団に横たわった。淫水はまだ溢れ続け、見る見る布団に染みを作っていった。

汗ばんだ白い柔肌には縄目の痕が印されているが、大したことはなく、間もなく消え去る程度だろう。

藤吉は、あらためて彼女の股間を拭い、失神状態の彼女の全身の汗も拭いてやった。

これが数日前まで、どんな愛撫にも反応しなかった同じ女とは思えなかった。

もちろん藤吉は、まだ激しく勃起を保っていた。

彼は屈み込み、熱い息をついている葉に唇を重ね、かぐわしく甘酸っぱい匂いで鼻腔を満たしながら、舌をからませた。さんざん喘ぎすぎたせいか、舌はやや乾き気味でひんやりしていた。

彼女の口の中を舐めまわしながら乳房に手を這わせると、

「ンン……」

葉は徐々に自分を取り戻しはじめたように小さく呻き、のろのろと舌を蠢かせてきた。

藤吉は充分に美女の唾液と吐息を味わってから口を離し、彼女の乳首に吸いついていった。やはり網目の間から愛撫するのとは感覚が違う。

「ああ……、もっと強く……」

息を吹き返した葉は、喘ぎながら身をくねらせはじめた。

いったん快楽を覚えてしまうと、あとは特に緊縛したり叩いたりしなくても、彼女はすっかり感じやすい普通の女になりつつあるようだった。要は初回のきっかけのみが重要であり、あとは彼女の方で愛撫されながら、勝手に被虐の妄想に入って無意識に淫気を高めているのかもしれない。

とにかく、葉は藤吉にとって大切な作品となった。

藤吉は充分に両の乳首を愛撫してから、甘ったるい匂いの籠もる腋にも顔を埋め、あらためて足の裏から爪先までしゃぶりながら、通常の愛撫を繰り返していった。

そして彼女の張りのある内腿を枕にして割れ目に顔を埋めながら、藤吉も彼女の顔に肉棒を突きつけて二つ巴《どもえ》の体勢になった。

「ム……ウウ……」

葉も喉の奥まで肉棒を呑み込み、互いの内腿を枕にしながら相手の最も敏感な部分を舐め合った。藤吉は熱い息を股間に感じながら、美女の唾液にまみれて激しく高まっていった。

「ああ……、い、入れて……」

葉の方もオサネを刺激され続け、我慢できなくなったように亀頭から口を離してせがんだ。藤吉は身を起こし、今度は本手で身を重ねていくのだった……。

五

「どうも、勝太くんには大変お世話になってしまいました」

藤吉は、甲良屋敷にある試衛館を訪ね、近藤周助に会っていた。勝太は甘いものが好きなようなので、団子を買ってきたのだが、彼の姿は見えない。

「そうですか、そんなことがありましたか」

近藤が師範席で腕を組んで言う。もう今日の稽古は終わったようで、他の門人たちもいなかった。

どうやら勝太は、近藤には何も報告していないようだった。

「まあ、ここにヤクザものが乗り込んで来ることもなかったので、その三人は誰にも言わなかったのでしょう。子供に負けたとあっては無理もない。あははは」

近藤は実に楽しげに笑った。

「彼はどちらに」

「調布の家に帰っております」

「そうですか。それは残念。それにしても強いですな。技だけでなく風格があります」

「ええ、実に先が楽しみな子です。また近々呼んで、ここに住まわせて稽古をつけるつもりでおりますので」

「分かりました。またその頃にでも顔を出しましょう」

藤吉は言い、試衛館を辞して、帰りに藤乃屋に寄った。そして葉とのさらなる進展や行為の様子などを報告し、湯屋に行ってから家に戻った。

すると、夕餉の仕度をする前に、また志乃が訪ねてきたのである。

「あ、これは……」

「おかずを持ってきました。今夜は、こちらでご一緒に構いませんか?」

志乃がにこやかに言い、風呂敷包みから折り詰めにされた料理の数々を出した。

どうやら、上総に帰っている光から野菜や魚が送られてきたらしい。悠吾は、また丹波屋の薬草採りの護衛で今日は八王子まで出向いているようだった。

「ええ、どうぞ。いつも済みません」

藤吉は彼女を招き入れたが、すでに会ったときから志乃の淫気は七合を超えていた。

やがて二人順々に夕餉を終えると、戸締りをして一緒に二階へ上がっていった。もう言葉など要らず、互いの淫気を解かり合っているようだった。

「実は、このようなものを持ってきたのです」

藤吉が床を延べていると、志乃が懐中から何か取り出した。

見ると、それは丹波屋でも売っている『琳《りん》の玉』というものだった。袱紗《ふくさ》の中に小さな細工物の玉が三つ入っている。これは鈴のように音が出るもので、陰戸の中に挿入してから情交すると、男根の動きに合わせて中で転がり、えもいわれぬ快感が得られるという代物だ。

あるいは長く留守をする悠吾が、張り型とともに志乃に置いていったのかもしれない。

しかし藤吉の一物があれば張り型は要らないので、彼女は琳の玉だけ持ってきたようだった。

「分かりました。使ってみましょう」

藤吉も興味を覚えて言い、すぐにも互いに一糸まとわぬ全裸になって布団に添い寝していった。

まずは口吸いをし、藤吉は志乃と執拗に舌をからめた。甘い息には、うっすらと金臭い鉄漿《かね》の匂いが混じり、温かな唾液が心地よく彼の舌を濡らした。

充分に味わってから首筋を舐め下り、豊かな乳房に顔を埋め込んでいった。

乳首は、すでにこりこりと硬く突き立ち、ちゅっと含んで舌で転がすと、

「あぁッ……！」

志乃はすぐにも甘えるように粘つく声で喘ぎ、うねうねと身をくねらせはじめた。

藤吉は豊乳を揉みしだき、両の乳首をまんべんなく交互に吸ってから、色っぽい腋毛の煙る腋の下にも顔を埋め込んだ。いつものことながら女の甘ったるい体臭は、いつまで嗅いでいても飽きず、その刺激が心地よく一物に響いてきた。

さらに熟れ肌を舐め下り、例によって足裏から爪先までしゃぶって、美女の味と匂いを心ゆくまで吸収した。

そしていよいよ滑らかな脚の内側を舐め上げ、むっちりした内腿に挟まれながら、志乃の中心部に顔を寄せていった。熱い湿り気が、濃厚な女の匂いを含んで籠もり、すでに溢

れた大量の淫水が肛門の方にまで滴っている。

藤吉は柔らかな茂みに鼻を埋め、志乃の匂いで胸を満たしながら、熟れた果肉を舐め回した。さらにオサネを充分に吸ってから脚を浮かせ、秘めやかな匂いの籠もる肛門にも念入りに舌を這わせた。

「アア……、いい気持ちよ、もっと舐めて……」

志乃が喘ぎながら言い、藤吉は肛門内部にも舌を潜り込ませて舐め、顔中を豊かな双丘に押し付けた。そして再び脚を下ろして淫水をすすりながらオサネを舐め、袱紗から取り出した琳の玉を三つ、膣口に押し込んでいった。

「わ、私にも舐めさせて……」

志乃がせがみ、彼の股間を抱き寄せてきた。

藤吉も、挿入前に亀頭を彼女の口に押し当て、充分に舐めてもらった。志乃は喉の奥にまで呑み込み、頬をすぼめて強く吸い、まんべんなく舌を這わせて唾液にまみれさせてくれた。

さすがに武家女の顔を跨ぐのは気が引けるので、横から股間を突き出すようにしていたが、志乃はどんどん彼の股下に潜り込み、ふぐりから肛門まで念入りに舐めてきた。

しかも彼女は獣のように息を弾ませ、藤吉の内腿を嚙み締め、さらに足の先まで舌を這わせてきたのである。

「あ……、い、いけません、そんな……」

足裏を舐められ、藤吉はぞくぞくと全身を震わせて言った。武家女に足を舐められるなど、やはりあってはならぬことだろう。

しかし志乃は構わず、自分がされたように彼の爪先を含み、指の股にもぬるっと舌を割り込ませてきたのだった。何という妖しい快感だろうか。もう拒まず、藤吉は温かな泥濘《ぬかるみ》でも踏んでいるような感覚の中、暴発寸前にまで高まっていった。

志乃は両足ともしゃぶり尽くし、再び彼の股間に顔を埋め、肉棒を心ゆくまで舐めまわしてから、ようやく仰向けになって脚を開いた。

藤吉も身を起こし、いよいよ彼女の股間に向けて一物を進めていった。

本当は自分が下になり、受け身になる茶臼が好きなのだが、それだと琳の玉が抜けやすくなってしまうだろう。

彼は幹に指を添えて先端を割れ目にあてがい、ゆっくりと貫いていった。

「あぁッ……、いいわ、もっと奥まで……」

志乃が顔をのけぞらせて言い、下からしがみついてきた。

藤吉も、ぬるぬるっと一気に根元まで押し込んで身を重ねた。確かに、内部に幾つかの丸い異物が感じられた。それがぶつかり合い、転がってチリリと微かな音を立てた。

「あう……、感じる……」

志乃が言い、股間を突き上げて律動をせがんできた。

しかし実際は、琳の玉を入れているという自覚と、音による暗示にかかっているのだろう。だから本当は、それほど良いものとは思われない。むしろ藤吉には、邪魔な感覚の方が大きかった。

それでも、志乃が感じているようなので仕方がない。藤吉は、そのまま股間をぶつけるように激しく前後運動を開始した。

溢れる大量の淫水が互いの股間をびしょびしょに濡らし、ひたひたとぶつかり合う肌の音に混じって、微かに琳の玉の音色が入り乱れた。三つの小玉が右に左に動き回り、志乃の内壁のあちこちを刺激した。

なるほど、男はともかく、女にとっては心地よいものかもしれないと藤吉も思いはじめた。志乃の乱れ方はいつになく激しく、時にはのしかかる彼を乗せたまま身を弓なりに反り返させるように、がくがくと激しく腰を跳ね上げた。

「い、いく……！　アアーッ……！」

志乃が狂おしく身悶えながら声を上げ、膣内を艶めかしく収縮させた。

藤吉も熟れ肌に身を預けながら、立ち昇る甘ったるい体臭と、かぐわしい吐息の渦に包み込まれ、続いて絶頂に達してしまった。

宙に舞うような快感の嵐の中、藤吉はありったけの熱い精汁を噴出させながら志乃の唇を求めた。

「ンンッ……!」

志乃は声をくぐもらせて熱い呼吸を繰り返し、差し入れた彼の舌を千切れるほど強く吸いながら痙攣を続けた。おそらく、彼女は何度も何度も快楽が突き上がり、絶頂の波が押し寄せているのだろう。

ようやく藤吉は最後の一滴まで出し切り、徐々に動きを緩めながら力を抜いていった。

「ああ……、こんなの、初めて……」

口を離すと、志乃も脱力し手足を投げ出しながら呟いた。彼女自身、琳の玉の効果がこれほどとは思っていなかったようだった。

藤吉は美女の匂いと温もりの中で充分に余韻を味わってから、のろのろと身を起こし、股間を引き離していった。一物を引き抜くと、続いて琳の玉が、淫水と精汁にまみれながら一個だけ転がり出てきた。

指を入れて、もう一個も取り出した。効能書きには、四つん這いにさせて尻を叩くと出るとあるから、最後の一個はそのようにさせてみた。志乃をうつ伏せにさせ、尻を高く突き出させ、手のひらで豊かな双丘を叩いてみた。

「あう！　もっと……」

志乃が声を上げ、白い尻をくねくねと蠢かせた。これは玉を出すためではなく、叩かれることに感じているのだろう。葉ばかりでなく、女には全てそうした感覚があるのかもしれない。

「お願い、今度は後ろからもう一度して……」

残りの一個が出てこないうち、志乃がせがんできた。藤吉も淫気を甦らせながら、彼女の願いを叶えることにした。そして他の女たちにも、琳の玉を使ってみようかと思うのだった……。

第六章　女二人との目眩《めくるめ》き一夜

一

「どうか今日、お越し願えませんでしょうか」

久しぶりに鈴が来て言った。

藤吉がそろそろ店を閉めようと思っていた頃だから、このまま一緒に行って夕餉でも、というのだろう。もちろん、そのあとのことが目的だろうから、あるいは今夜は泊まりになるかもしれない。

「わかりました。では少しお待ちを」

藤吉は言って鈴を待たせ、手早く店じまいと戸締りをした。

そして一緒に出て歩きはじめる。

「千織様は、もう良くなられましたか」

「はい。ご実家からお帰りになってからは、もう臥《ふ》せっていることもなく、外にも出るようになられました。間もなく旦那様もお帰りになるので、気持ちもしっかりなさってきたのでしょう」

もう十一月も、半ばを過ぎていた。風は冷たく、鮟鱇《あんこう》や蜜柑《みかん》も出回りはじめていた。

どうやら下田から知らせが届き、千織の亭主の帰参が年明けよりも少し早まり、暮れには帰ってくることになったようだ。

そうなれば、よほどのことがない限り藤吉の出番はなくなるだろう。

それにしても、ここ最近は千織からの呼び出しがないことを藤吉は怪訝《けげん》に思っていたのだった。実家から戻ったとは聞いていたから、すぐにも毎日のように呼ばれると思っていたのである。

それを鈴に訊くと、

「実は、千織様は私がお慰めしていたのです……」

彼女は俯《うつむ》き、頬を染めて小さく答えた。

「そうですか……。では、毎日のように？」

藤吉は、急に勃起しながら訊いた。鈴は、その行為を思い出したか、恥じらいの中に淡い淫気を芽生えさせはじめた。それは鈴も、千織への行為が死ぬほど嫌ではないことを物語っていた。

以前は鈴も、千織に求められるのが嫌で逃げ出したほどなのに、とうとう今は指や舌で慰めるようになってしまったのだろう。それで少しは千織の絶大な淫気も治まっていたようだ。

「はい。おやすみになる前は必ず私が」

「お口で？」

「はい……。もう慣れ、少しも嫌ではなくなりました。旦那様が戻ったら、常に藤吉さんを呼ぶわけにも行かないが、私が居れば催したときももう大丈夫だと仰って……。でも、たまには男が欲しいということで今日……」

鈴の言葉で、藤吉は今の千織の状態を納得した。

やがて家に着くと、藤吉は久々に千織に会った。

「ご足労申し訳ありません。どうか今宵はごゆるりと」

千織が彼を出迎えて言った。臥せっていた以前とは違い、今はきっちりと質素な着物を着て、髪も結い、眉を剃ってお歯黒も塗っていた。初めて見る、若い千織の新造姿は実に艶《つや》やかだった。

「お健《すこ》やかになられましたようで、おめでとう存じます」

藤吉は頭を下げ、まずは夕餉を呼ばれた。すでに鈴が仕度を済ませてから、彼を迎えに来ていたのだ。

　三人が順々に食事を終えると、鈴が戸締りをして回った。日は傾き、千織は早々と床の延べられた寝室に行って帯を解きはじめている。

　藤吉も部屋に入り、千織の淫気がすでに満杯になって溢れていることを知った。

　やはり鈴に舐めさせるばかりでは、その場しのぎにはなるだろうが、大きな満足は得られなかったのだろう。

「本当にお久しぶりです。鈴には聞きましたか。私が、あの子に慰めてもらっていることを」

「はあ、お鈴さんもお嫌ではなさそうですので、それはそれでよろしいかと」

「あと、ひと月足らずのうちに旦那様もお帰りになります。それまで、何度かお願い致します」

　千織は言い、襦袢《じゅばん》と腰巻姿になって横たわった。

　鈴は、戸締りを終えて自分の部屋に控えているのだろう。すでに女一人の間には、打ち合わせができているようだった。

　藤吉も着物と下帯を脱ぎ、一糸まとわぬ姿になって添い寝した。

「ああ、可愛い……、やはり男が一番……」

千織が腕枕してくれ、はだけた襦袢からこぼれる豊かな胸の膨らみに彼の顔を抱きすくめて言った。

藤吉は柔らかな乳房に顔中を埋め込み、懐かしく甘ったるい肌の匂いを嗅ぎながら乳首に吸い付いた。もう片方の膨らみにも手のひらを這わせ、突き立った乳首をこりこりと弄びながら濃厚な愛撫を開始した。

「あぁッ……！」

すぐにも千織が熱く喘ぎはじめ、熟れた女の匂いを濃く揺らめかせた。

藤吉はのしかかり、もう片方の乳首にも吸い付き、舌で転がし、軽く嚙み、さらに色っぽい腋毛の煙る腋の下にも顔を埋めて馥郁たる体臭で胸を満たした。

千織は、最初は受身になって全てを彼に任せたいように手足を投げ出していた。

藤吉も彼女の意図を察し、ことさら積極的に愛撫した。

白い首筋を舐め上げると、形良い唇が悩ましく喘いでいた。お歯黒の塗られた歯並びも透明感のある綺麗な光沢を持ち、舌と歯茎の桃色を際立たせている。

湿り気を含んで熱く吐き出される息は、彼女本来の甘さに、ほんのりお歯黒の金臭い成分も混じって新鮮だった。

唇を重ね、舌を潜り込ませると、千織も激しくからませながら強く吸い付いてきた。

藤吉は甘く濡れた美女の口の中を舐めまわし、熱い吐息で鼻腔を刺激されながら、なおも豊乳を揉みしだいていた。

延々と互いの舌を舐め合い、藤吉は充分に千織の唾液で喉を潤してから、ようやく唇を離した。

「舐めて……、身体中全部……」

千織が、すっかりとろんとした眼差しになって囁いた。

藤吉も身を起こして移動し、もう一度両の乳首を交互に含んで吸ってから、滑らかな肌を舐め下りていった。肌が均等に張り詰めて形よい臍《へそ》を舐め、腰巻を取り去った。そして腰骨からむっちりした太腿へ下降し、脛から足首まで舐めた。

もちろん足裏にも念入りに舌を這わせ、悩ましい匂いを籠もらせる指の股にも舌を割り込ませ、汗と脂の湿り気を舐め取った。

両足とも、味と匂いが消え去るまで賞味してから彼女を腹ばいにさせ、今度はふくらはぎから、ひかがみへ移動していった。肌はどこも脂が乗り、ほんのり汗ばんで甘い匂いを漂わせていた。

尻の丸みを舐め上げながら、乱れた襦袢を脱がせ、まだ谷間には向かわず、先に腰から背中へと舌先でたどっていった。何の印もない白い背中でも、彼女がびくっと感じる部分が何箇所かあった。

「あう……！」

感じるたびに顔を伏せた千織が呻き、熟れ肌を震わせて反応した。

肩からうなじにかけても念入りに舐め、やがて藤吉は背中を舐め下り、いよいよ尻の谷間に顔を埋め込んでいった。両の親指でぐいっと双丘を開くと、可憐な薄桃色の蕾《つぼみ》がひっそりと閉じられ、細かな襞を震わせていた。

蕾に鼻を押し当てると、秘めやかな匂いが心地よく鼻腔に広がり、火照った顔中に密着する尻の丸みが、ひんやりして実に快適だった。

藤吉は舌を這わせ、可憐な襞と内部の滑らかな粘膜を舐め、充分に味わった。

「ああ……、ここも、早く……」

すると、焦れたように千織が声を洩らし、ゆっくりと寝返りを打って仰向けになってきた。脚を潜り抜けた藤吉は、完全に開かれた美女の股間に顔を進めていった。

黒々と艶のある茂みからも、真下の濡れた果肉からも、何とも悩ましい女の匂いが藤吉を誘うように漂っていた。

すでに大量の蜜汁が陰唇の外にまで溢れ出し、指で開くと膣口周辺の襞には白っぽい粘液もべっとりとまつわりついていた。

顔を埋め込むと、鼻が柔らかな茂みの丘に密着した。

こすり付けて嗅ぐと、飢えきった女の匂いが濃厚に鼻腔を刺激し、熱く濡れた花弁が唇に吸い付いてきた。

舌を伸ばし、蜜汁を舐めると淡い酸味が伝わり、さらに中に潜り込ませると、ぬるっとした滑らかな柔肉が舌先を包み込んできた。

藤吉は後から後から湧き出す淫水をすすり、膣口を掻き回してから勃起したオサネに吸い付いていった。

「アァッ……、いい気持ち……」

千織が声を上ずらせて喘ぎ、張りのある内腿できつく彼の顔を締め付けてきた。

藤吉も必死に舌を動かし、さらに二本の指を膣口に押し込み、天井の膨らみをこすりながら愛撫を続けた。

「あうう……、もっと、いじめて……」

千織が身を反らせて喘いだ。葉もそうだったが、女というものは皆どこか虐《しいた》げられたいという願望や悦びがあるようだ。

藤吉は左手の人差し指も動員し、肛門にずぶりと押し込んだ。そして美女の前後の穴を指でこすりながらオサネを舐めまわし、何度もがくがくと跳ね上がる腰を押さえつけた。

「だ、駄目……、いっちゃう……。お願い、入れて……！」

千織が声を上げ、哀願するように言った。

そう、ここまでの愛撫なら鈴でもできるのだ。この先は、藤吉でなければできない作業が待っている。

彼は前後の穴からぬるっと指を引き抜き、顔を上げて身を起こしていった。

そして張り切った一物を構え、先端を濡れた割れ目にこすりつけて潤いを与えてから、ゆっくりと貫いていった。

二

「アアーッ……、す、すごい……。いいわ、もっと奥まで来て……！」

千織が声を上げ、下から激しくしがみついてきた。

藤吉も身を重ね、ぬるぬるっと一気に根元まで挿入し、その熱いほどの温もりと柔襞の摩擦快感を味わった。

股間を押し付けて体重をかけると、適度に肉づきの良い膨らみが心地よく弾み、その奥のこりこりする恥骨の膨らみも微かに伝わってきた。

藤吉は、充分に温もりと感触を味わうと、すぐにも腰を突き動かしはじめた。

「あうう……、もっと強く……、なんていい気持ち……」

千織は下からも股間をずんずんと突き上げながら喘ぎ、新たな蜜汁を大洪水にさせた。

藤吉は、甘い匂いのする白いうなじに顔を埋め、身体全体で千織の熟れ肌の感触を味わった。

いったん動き始めると、あまりの快感に腰は止めようがなくなってしまった。やはり千織とも久々だから藤吉も燃えていたのだろう。焦らす技巧も何もなく、ただひたすらに絶頂を目指して突っ走ってしまった。

どうせ藤吉は、抜かずに何度でもできるのだ。

そして千織もまた、余計な愛撫をされるより、一気に突かれることを望むように股間を跳ね上げ続けていた。絶大な淫気の持ち主である二人は、おそらくどちらかが早々と果てれば感応し合い、同時に昇り詰めるほど相性が良いのである。

だから藤吉は我慢せず、遠慮なく絶頂の急坂を昇りはじめていった。

「い、いく……！」

藤吉は口走り、宙に舞うような快感に包まれながら、大量の熱い精汁を勢いよくほとばしらせた。

「アアッ……！　熱いわ……、いく……！」

噴出を受け止めると、やはり千織も気を遣り、がくんがくんと狂おしく身体を反らせて腰を跳ね上げた。

藤吉は最後まで、最高の心地で射精を終え、ようやく動きを止めて体重を預けた。

千織もぐったりと力を抜き、失神したように手足を投げ出した。しかし膣口だけはしっかりと肉棒をくわえ込み、きゅっきゅっと艶めかしい収縮を続けていた。

藤吉は美女の吐息で鼻腔を満たしながら、うっとりと余韻を味わい、やがてゆっくりと腰を引き離して再び彼女に添い寝した。

やがて忙しげな呼吸が整いはじめると、

「鈴！」

千織が声を上げた。

すると間もなく鈴が静かに入ってきて、手にした付け木から行燈に灯を入れた。

気がつけば、すっかり日は落ち、室内にも夕闇が立ち込めていた。

さらに鈴は桜紙を用意したが、千織が驚くべきことを命じた。

「拭かなくていいわ。お舐め……」

「はい……」

「お前も脱ぐのよ」

言われて、鈴は黙々と帯を解き、着物と襦袢を脱いだ。そして少したらめい、やがて腰巻も取り去って二人と同じ全裸になった。

俯《うつむ》き加減の表情が何とも可憐だ。藤吉と情交したときとは、まるで違う恥じらいがあり、それに戸惑いと、自分の主人と藤吉が交わったという嫉妬《しっと》も混じっていた。彼女の部屋にまで、情交の気配や千織の喘ぎ声が届いていたことだろう。

鈴が屈み込み、まずは主人である千織の股間から舐めはじめた。大量の淫水と精汁が混じったぬめりを、鈴はすすって飲み込み、ぺろぺろと念入りに舌を這わせた。

女同士の行為も、春本や話には聞いていたが、いざ目の当たりにすると、それは激しく興奮する眺めだった。

ここ最近は、毎晩のようにしている行為かもしれないが、今日は千織の体液のみならず藤吉の精汁も混じっているのだ。

「ああ……」

千織が喘ぎ、再び快感が甦ったようにくねくねと身悶えはじめた。そして溢れ出るぬめりを吸い取らせるのみならず、感じる部分を舐めさせるため僅かに腰を浮かせたり、鈴の頬に手を当てて場所を指示したりした。

それに応じる鈴の愛撫は念入りで熱っぽく、しかし表情は抵抗感を抑えるように淡々としたものだった。

「いいわ、では藤吉どのを……」

千織が脚を閉じて言うと、鈴は素直に身を起こして藤吉の股間に移動してきた。顔が寄せられ、美少女の口に亀頭が含まれた。

藤吉は力を抜き、股間に感じる熱い息と、可憐な唇や舌の感触に身を委ねた。

鈴は喉の奥まで呑み込み、口を引き締めてしごくようにすぽんと引き抜いた。さらに先端の鈴口から滲む粘液を舐め取り、溢れてふぐりや股間を濡らした分まで丁寧に舐め取ってくれた。

その愛撫は、千織にしたものとは一転して情熱的で、まるで千織に対抗しているかのようだった。

「すごい。まだ立っている。こんなに……」

千織も身を起こして肉棒を見下ろし、やがて鈴を引き寄せて寝かせ、仰向けの藤吉を女二人で左右から挟む形にした。そして千織は、反対側の鈴の顔を引き寄せながら、同時に藤吉に唇を重ねてきたのである。

「ウ……ンン……」

千織は興奮に息を弾ませ、口が鈴に触れるのも構わず舌を這わせてきた。鈴も同じように舌を伸ばし、女二人が同時に藤吉の口を舐めた。

何という快感だろう。

藤吉は美女と美少女の舌を同時に感じ、混じり合った唾液で喉を潤した。

それぞれの舌は微妙に感触が違い、唾液の滑らかさや粘つき具合も違っていた。これは同時に味わって、初めて分かる感覚だった。

しかも三人が鼻を突き合わせているのだから、その狭い空間に二人の息がかぐわしく籠もった。千織の熱く甘い息と、鈴の湿り気ある甘酸っぱい匂いが程よく混じり合い、その熱気で顔中が濡れてくるようだった。

千織も鈴も、互いに女同士の舌が触れ合っても平然としているから、おそらく割れ目を舐めさせるばかりでなく、二人で口吸いをした経験もあるのだろう。

やがて女二人の舌と口の感触、味や匂いを心ゆくまで味わうと、先に千織が離れ、彼の左頬を舐め回した。すると鈴も同じように移動し、藤吉の右頬に舌を這わせた。

まるで事前に取り決めたように、女二人は藤吉の身体を縦に半分ずつ分け合って賞味しているようだった。

「ああ……」

藤吉は、顔中を女たちの温かな唾液に濡らしてもらいながら、快感と芳香に喘いだ。

濡れた舌の感触と熱い吐息が顔中を包み込み、さらにそれが左右の耳の穴に潜り込んで蠢いた。それはまるで、頭の中にまで二人の唾液と吐息が染み込み、くちゅくちゅとぬめった音だけが耳の奥に響いた。

やがて二人の唇と舌が、彼の首筋を舐め下り、左右の乳首が同時に吸われた。

「あう……」

藤吉はびくっと快感に震えて呻き、肌をくすぐる息に身悶えた。

千織は舌を這わせ、お行儀悪く音を立てて吸い、それにならって鈴も同じようにした。

「噛んで……」

思わず、藤吉は囁いた。くすぐったい感覚より、もっと大きな刺激がほしかったのだ。

「そう、噛まれたいの。鈴、遠慮なく二人で食べてしまいましょうね」

千織が言い、彼の乳首にきゅっと歯を立ててきた。もちろん渾身の力を込めたわけではなく、加減しながら甘噛みしたのだ。鈴も遠慮がちに乳首を前歯で挟み、その快感に藤吉はくねくねと身をよじった。

さらに二人は藤吉の肌を舐めたり噛んだりしながら下降し、とうとう彼の快感の中心に顔を迫らせてきた。

先に千織がぱくっと亀頭を含み、内部でくちゅくちゅと舌を絡ませてきた。

吸いながら、ちゅぱっと口を離して鈴の顔を引き寄せると、すぐに今度は鈴が含んできた。やはり、唇や舌の感触、温もりなども微妙に違う。

藤吉は、武家女二人に交互にしゃぶられるという、最高に贅沢な快感を得た。

やがて千織が、積極的に彼の両脚を浮かせ、大きく開かせた。そして一人で頬を寄せ合い、同時にふぐりにしゃぶりついた。

「く……、うう……」

微妙な快感に藤吉は呻いた。急所が、美女たちに吸われているのだ。

二人は念入りに舌を這わせて袋全体を唾液に濡らし、二つの睾丸を同時に舌で転がしながら、混じり合った熱い息を彼の股間に籠もらせた。

しかも驚いたことに、千織は彼の肛門にまで舌を這わせてくれたのである。もちろん千織が行なえば、続いて鈴もしてくれるのだ。

藤吉は、浮かせた脚を震わせながら、さらなる贅沢《ぜいたく》な快感に悶えた。千織の舌先がぬるっと肛門に潜り込むと、続いて鈴が差し入れてくる。

さすがに藤吉も、それらの刺激だけで暴発寸前にまで高まってしまった。

ようやく脚が下ろされると、千織と鈴は再び肉棒にしゃぶりつきはじめた。

交互にすぽすぽと呑み込まれ、強く吸われ、果ては側面から女二人が口吸いでもするように、一物を挟んで舌を這わせてきた。

藤吉の股間全体は、美女たちの唾液にまみれ、唇と舌の刺激を受けながら、とうとう限界に達してしまった。

「ああッ……、い、いく……!」

藤吉は声を上げ、二人の口に挟まれながら肉棒をひくひくと脈打たせた。同時に、ありったけの熱い精汁が噴き上げ、それは顔を寄せている二人の口に飛び込み、顔中まで濡らした。

「あん……」

鈴は小さく声を上げたが、千織は激しい噴出を口に受けて飲み込み、余りも鈴に吸い取らせた。藤吉は申し訳ないような快感に身悶えながら、最後の一滴まで心置きなく出し尽くして力を抜いた。

二人が交互に先端にしゃぶりついて舐めまわしていたが、ようやく顔を上げ、今度は互いの顔中に飛び散った精汁を舐め合いはじめた。藤吉は快感の余韻の中で、美女と美少女が顔を舐め合う光景を、ぼんやりと眺めていた……。

三

「ねえ、今度は鈴が真ん中になって」

少し休憩してから千織が言い、鈴は素直に仰向けになった。

美少女の瑞々しい肌が、行燈の灯に照らされてぼうっと浮かび上がった。

もちろん藤吉も、まだまだ続けてできる勢いで淫気を持続し、肉棒も萎《な》えることなく突き立っていた。

すると、千織が鈴の両膝を開き、その間に顔を寄せていったのだ。

「い、いけません。千織様……」

鈴が、びくっと弾かれたように肌を震わせ、懸命に股を閉じようとした。してみると今まで、女同士で口吸いをしたり、鈴が千織の割れ目を舐めることはあっても、その逆の体験はなかったのだろう。

まあ無理はない。鈴にしてみれば、自分は奉仕する立場であり、主人である千織が彼女の股に顔を寄せることなど、あってはならないことなのである。

「いいのよ、女がどのようになっているのか、見てみたいの……」

千織は言い、藤吉の顔を抱き寄せながら一緒に鈴の股間に潜り込んでいった。

鈴は恥らいながらも、言いつけに逆らうこともできず、滑らかな内腿を小刻みに震わせながらじっとしていた。

二人で顔を進めると、千織は鈴の割れ目に指を当て、ぐいっと左右に開いた。さらに中の陰唇も広げると、桃色の柔肉が覗いた。

「濡れてるわ……。でも綺麗な色、それに赤ちゃんのような良い匂い……」

千織が甘い息で囁き、同性の割れ目内部にしげしげと目を凝らした。

「ここに、男のものを入れるのね？」

千織が、襞に囲まれて息づいている膣口を指して言った。鈴も、相当に蜜汁を溢れさせて、千織の言葉にさえ激しく感じるように息を弾ませていた。

「そうです」

「ゆばりは、どこから？　この辺りかしら」

千織は、自分の感覚を照らし合わせるように指を這わせて言った。行燈の灯りだけでは尿口までは良く分からないが、女同士ならほぼ見当がつくだろう。

「これがオサネね。私のも、このような形？」

千織が言い、顔を覗かせている小さな突起に触れると、

「あう！」

鈴が声を上げ、新たな蜜汁をとろりと溢れさせた。

「ええ、千織様のも、これと同じぐらいの大きさです」

藤吉は答え、鈴の体臭と千織の吐息の渦の中で激しく興奮してきた。

そして、とうとう千織は舌を伸ばし、鈴のオサネをちろりと舐め上げた。

「あん……、い、いけません……」

「いいのよ、じっとしていて」

鈴が激しく声を震わせたが、千織は構わず、顔を埋め込んでしまった。

「アアッ……！」

鈴は声を上げ、顔をのけぞらせた。快感以上に、主人に舐められるという恐れ多さが反応を大きくしているのだ。もちろん淫気が満杯になっている千織に負けず、鈴の淫気も八合以上に達していた。

千織は、オサネのみならず、陰唇の内側全体にもまんべんなく舌を這わせた。

「ふうん、こういう味と匂いなのね、私も」

彼女が顔を上げて言うと、入れ代わりに藤吉も顔を埋めて舐めた。

鈴の若草には、今日も馥郁《ふくいく》たる甘ったるい汗の匂いが籠もり、それにほんのりと千織の唾液の匂いが混じっていた。大量の淫水にも千織の唾液が混合され、いつもとは違った味わいがあって新鮮だった。

さらに藤吉は鈴の脚を浮かせ、肛門にも舌を這わせ、可愛らしい匂いを味わった。さすがに千織はここまで舐めないだろうと思ったから、せめて自分が行なったのだ。

「ねえ、他に女同士はどのようなことをするのかしら」

千織が言ったので、藤吉は春本で見た女同士の体位を教えた。

「では、このように脚を入れ違いにしてください」

藤吉は言いながら、千織と鈴の脚を交差させ、それぞれ相手の片方の脚を抱えながら、割れ目同士を密着させた。まるで松葉を合わせたような形で、男のように突起物のない女同士の股間は、ぴったりと吸い付き合った。

「ああ……、温かくて、濡れていて気持ちいい……」

千織が喘いで言い、鈴の脚を抱え込みながらぐいぐいと股間を動かした。

鈴も激しく息を弾ませ、千織の脚にしがみついて割れ目を合わせていた。

熱く濡れた女同士の股間がこすられ、くちゅくちゅと淫らな音を立てた。それは見ているだけでも興奮する眺めで、実に刺激的だった。

藤吉も参加し、二人の乳房を揉んだり、それぞれの足指をしゃぶって、味と匂いを楽しんだ。

「ねえ……、入れたところが見たいわ。鈴が上になってみて」

やがて千織が言い、ゆっくりと股間同士を引き離しながら、喘いで力の入らない鈴を引き起こした。

入れ代わりに再び藤吉が仰向けになると、千織が鈴を支えながら彼の股間を跨《また》がせてきた。鈴の割れ目は、二人分の蜜汁でぬるぬるになり、屹立した肉棒は滑らかに呑み込まれていった。

「アアーッ……！」

完全に腰を沈め、肉棒を根元まで深々と受け入れた鈴は激しく喘いで身をくねらせた。

それを千織が、後ろから顔を寄せて眺めていた。

「そう……、こんなふうに、ぴったりと入るのね。不思議だわ……」

千織は呟き、やがて鈴が身を重ねると同時に、彼女も横から添い寝してきた。

藤吉は熱く濡れた鈴の柔肉に締め付けられながら、鈴と千織の両方ともに抱きついた。

やがて下から股間を突き上げはじめると、鈴も無意識に腰を使いはじめた。

「鈴、気持ちいい？」

千織が囁くと、鈴は喘ぎながら夢中でこっくりした。

「いいわ、もう邪魔しないから、うんと気持ち良くなりなさい」

千織は言い、もう鈴には触れぬ代わりに横から藤吉に唇を重ねてきた。そして彼の手を取り、自らの股間に導いたのである。

藤吉は鈴の柔襞の摩擦でじわじわと高まりながら、千織の割れ目をいじった。彼女の股間も、鈴の淫水が混じってびしょびしょに濡れていた。

「アア……、も、もう……」

鈴が喘ぎ、腰の動きを速めてきた。妖しい雰囲気の中、すぐにも絶頂が迫ってきたようだった。

藤吉も股間を突き上げながら鈴の顔を抱き寄せ、千織と同時に唇を重ねた。そして混じり合った唾液と吐息を吸収しながら舌をからめ、とうとう彼も激しい絶頂の快感に全身を貫かれていた。

続けて三度目だが、快感と精汁の量は一向に衰えることなく、藤吉は身を震わせて鈴の奥に射精した。

「ンンッ……！」

同時に鈴も激しくもがき、きゅっきゅっと膣内を締め付けながら気を遣った。

「ああ、気持ちいい……、鈴も、いっているのね……」

千織は口を離して言った。激しくオサネをいじられながら、彼女も昇り詰めてしまったのだろう。三人が、それぞれに絶頂に達し、悶えながら肌を密着させていた。

これほどの快感は、今後一生得られないかもしれない。藤吉は美女たちを抱きすくめながら思い、最後の一滴まで絞り尽くした。

ようやく動きを止めると、彼の上で鈴もぐったりと力を抜き、体重を預けてきた。

千織も、それ以上の刺激を拒むように彼の手を股間から引き離し、身を寄せて余韻を味わいはじめたようだ。

三人での楽しみを知ってしまったら、きっと千織は亭主が帰ってきてからも、鈴と三人でこのようにするのかもしれない。もっともそれは、亭主が人並み以上の淫気の持ち主であれば、の話であるが。

やがて鈴が、のろのろと股間を引き離し、拭う余裕もなく力尽きたように千織の反対側から彼に添い寝してきた。すると入れ代わりに千織が身を起こし、精汁と淫水にまみれた肉棒にしゃぶりついてきたのである。

まだまだ夜は長い。どうやら千織も、さらなる快感を求め、今夜は寝かしてくれそうにないようだった。

濡れた肉棒も厭《いと》わず、千織は喉の奥まで含み、舌を這わせながらぬめりをすすった。

その刺激に、また一物はむくむくと反応し、回復の兆しを見せはじめた。

「すごいわ……、何度でもできるのね……」

千織が、感心したように言い、肉棒に頬ずりしてきた。

「い、いえ……、少しだけ休憩させてください……」

さすがの藤吉も、続けて四度目となると少々疲れてしまうので、珍しく弱音を吐いた。

「そうね。では少し休みましょう。鈴、お茶を淹《い》れましょうか」

「はい……」

千織に言われ、可哀相に脱力している鈴は懸命に身を起こし、襦袢だけ羽織って立ち上がり、ふらふらと部屋を出て行った。

四

「どうやら板についてきたな。ずいぶん繁盛してきたようじゃないか」

父親の彦十郎が来て、藤吉に言った。さすがに嬉しそうだ。

確かに、土地の人にも可愛がられ、何かと利用されるようになっていたのだ。彦十郎にしてみれば、こうなるまでには少なくとも一、二年はかかると踏んでいたのだろう。

「いいえ、まだまだです」

「うん、その気持ちでいれば良い。さっき、久々に玉栄先生のところにも寄って挨拶してきたんだ。先生にも世話になっているようだからな、そのうち何かお礼をしないと」

彦十郎は言い、庄助とともに持ってきた薬を補充してくれた。

もう十二月に入っている。

千織の亭主が帰ってくるには、まだもう少し間があるから、あと何度かは呼んでもらえるだろう。鈴を交えた三人での行為は、実に新鮮で心地よいものだった。体力は使うが、ここのところ藤吉も徐々に目方も増え、すっかり丈夫な身体を持つようになっていたのである。

と、彦十郎が店内に貼ってあった暦を引き剝がした。

「おとっつあん、まだ貼り替えは早いでしょう。新年までは、まだひと月近くあります」

「何だ、お前知らなかったのか」

藤吉の言葉に、彦十郎は答え、新しい師走の暦を貼ってくれた。

「年号が変わったばかりなのだ。まあ、たったひと月だが、縁起物だからな」

言われて見ると、なるほど、確かに天保十五年ではなく、弘化《こうか》元年となっているではないか。飢饉やら大火やらが多かったので、またお上が縁起を担いで年号を変更したようだった。

「弘化元年か。また長く続くんでしょうかねえ」

「さあな、これで景気が良くなるといいんだが」

彦十郎は言い、やがて庄助を伴って浅草へ帰っていった。

藤吉はいつものとおり夕七ツ（午後四時頃）まで店をやり、やがて店じまいと戸締りをして湯屋に行った。

今日はこれから、久しぶりに葉の家へ行く約束になっているのだ。

湯屋では、相変わらず番台で巳之吉が暗い顔をして座っていた。父親の泉右衛門は葉を囲って精力的に生きているのに、息子の方は全く生気がない。聞けば絵は得意らしいが、女に関して辛い過去があるようで、婿養子に入りながらもすっかり気鬱《きうつ》から抜け切れないでいるようだった。

湯屋を出ると、藤吉はまっすぐ葉の家を訪ねた。

「まあ、ようこそ」

葉は顔を輝かせて彼を迎えた。夕餉は店屋物を取ったらしく、稲荷寿司と串に刺した天婦羅が用意されていた。

「うわ、これは……」

部屋の中を見て、藤吉は驚いた。鴨居には、前に藤吉が用意したより頑丈で真新しい網が吊られていたし、さらに張型や枕草紙まで置かれていたのだ。

「ふふ、旦那様が揃えてくださったの」

葉が、嬉しそうに言う。

どうやら、前に藤吉とした行為の数々が忘れられないのだろう。また泉右衛門も、彼女の淫気が増幅するものならば、と喜んで買い与えたようだ。もっとも、彼女の淫気が増せば増すほど、泉右衛門一人の手には負えず、それでこうしてたまに藤吉が呼ばれることとなったのである。

すでに葉の淫気は七合から八合に達していた。

初対面の頃と比べたら、考えられないほどの淫気の持ち主となっている。あるいは彼女も、藤吉や千織と同じく、今まで抑え続けて表面に出なかった分が、今になって急に噴出してきたのかもしれない。

だから二人は手早く夕餉を済ませ、茶を飲むとすぐに床を延べて帯を解きはじめたのだった。

藤吉は早々と全裸になり、葉の匂いのする布団に横たわった。

葉も襦袢を取り去って形よい乳房を露わにし、腰巻姿で横たわってきた。

「この網も、泉右衛門さんと使ったのですか？」

「ええ。でも私のために、旦那様は無理してお付き合いくださるようなので、使ったのは一度きりです」

　葉が言う。なるほど、今の彼女は特に被虐の行為をしなくても、自然に淫気が湧くようになりつつあるので、こうした道具が室内にあるという、ただそれだけで満たされはじめているのかもしれない。

　だから今夜も葉は、こうした道具を眺めながら、藤吉とはごく通常の交わりをしたいようだった。

「この春本は、藤乃屋のものですね」

「はい。とっても面白くて、ためになりました。書いてあるいろいろのこと、してくださいましね」

「何か、特にしてほしいことはありますか」

「一度お尻の穴に、入れてくださいませ」

　葉が、恥じらいを含みながら言った。淫気は九合を超えている。人が変わったように、今までの分を取り戻す感覚でいるのかもしれない。

「わかりました。最後はそのようにしてみましょう」

藤吉が答えると、葉は話を打ち切るように、横になったまま腰巻を取り去り、彼に肌を密着させてきた。

そして積極的に、上から彼に唇を重ねてきたのである。

どうやら今になって多くの悦びを知り、もっと様々なことを試したくて仕方がない状態のようだった。それには泉右衛門は体力が持たず、葉は今回の藤吉の来訪を心待ちにしていたのだろう。

ぴったりと濡れた唇が吸い付き、ぬるっと舌が潜り込んできた。

藤吉は、葉の甘酸っぱい息で胸を満たしながら舌を受け入れ、激しくからみつかせはじめた。とろとろと注がれる唾液は温かく、ほんのり甘かった。藤吉は喉を潤しながら彼女を抱きすくめ、乳房に手のひらを這わせていった。

葉は身をくねらせながら唇を移動させ、彼の首筋を舐め下りて乳首を吸った。そして真下に降りていって、屹立している一物を喉の奥にまですっぽりと含んできた。

「お葉さん、こっちにも……」

藤吉は快感に息を詰めながら言い、彼女の下半身を引き寄せた。

葉も肉棒にしゃぶりついたまま、素直に身を反転させて彼の顔を上から跨いできた。

藤吉は白い豊かな腰を抱き寄せ、中心部に顔を迫らせた。

割れ目からはみ出した陰唇は、ねっとりと大量の蜜汁に潤い、今にも雫《しずく》が滴《したた》りそうになっている。そのすぐ上では、今はまだ無垢だが、間もなく散らされる可憐な肛門が桃色の襞を震わせていた。

藤吉は舌を伸ばし、溢れる淫水をすすり、淡い酸味を楽しみながら割れ目内部に舌を這わせていった。

「ウ……ンン……！」

含んだまま葉が呻き、彼の鼻先でくねくねと尻を動かした。

藤吉は充分に味わってから屈み込み、柔らかな茂みに鼻を埋めて葉の匂いを嗅ぎ、さらに伸び上がって、桃色の蕾にも鼻を当てて心地よい刺激を吸収した。

いつものことながら、その日初めて女の新鮮な匂いに触れるときが、最も心満たされる瞬間だった。

肛門にも舌を這わせ、内部の滑らかな粘膜まで味わい、やがて再び藤吉は割れ目に戻ってオサネを念入りに舐めた。

「アアッ……！」

葉は、亀頭から口を離して喘ぎ、それでも競い合うように果敢に顔を埋め、ふぐりを舐めまわし、さらに彼の脚を浮かせて肛門にまで舌を這わせてきてくれた。

そして互いに舐め合って充分に高まると、ようやく葉は顔を上げ、のろのろと身を離して添い寝してきた。

入れ代わりに藤吉が身を起こし、まずは本手で股間を押し進めていった。

美女の唾液に濡れた肉棒を構え、熱い蜜汁を溢れさせている花弁に押し当て、ゆっくりと挿入した。

「あん……、気持ちいいっ……！」

葉が、びくっと顔をのけぞらせて言い、ぬるぬるっと滑らかに根元まで彼自身を受け入れていった。

藤吉も深々と貫いて股間を密着させ、身を重ねていった。熱く濡れて締まる陰戸は最高に心地よいが、まだ暴発するわけにいかない。

まだ腰を動かさずに、屈み込んで両の乳首を交互に吸い、悩ましく甘ったるい美女の汗の匂いを嗅いだ。じっとりと汗ばみ、淡い腋毛を煙らせる腋の下にも顔を埋め、かぐわしい体臭で鼻腔を満たしながら舌を這わせた。

「ああ……、突いて、お願い……」

葉が、待ちきれないように下からずんずんと股間を突き上げながら言った。

それに合わせて藤吉も腰を突き動かし、温かく艶めかしい摩擦快感に高まった。もちろん暴発しないように気を引き締めていたが、葉の方はいつしか次の目的を忘れ去ってしまったかのように狂おしく身悶えはじめていた。

すでに何度か彼女は、小さな絶頂の波を受け止めはじめたように、ひくひくと全身を小刻みに痙攣させていた。

やがて、いよいよ藤吉も限界が迫ったので、動きを止めてゆっくりと身を起こしながら引き抜いていった。

同時に彼女の両脚を抱え上げ、淫水に濡れた肉棒を構えて肛門を見下ろした。

割れ目から滴る大量の蜜汁に、肛門もぬめぬめと妖しく潤っていた。

葉も、この段階で最初の願望を思い出したようで、神妙に息を詰め、待ち受けるように蕾を収縮させていた。

「いい？　入れますよ……」

藤吉は唇を湿らせて言い、先端を蕾にあてがい、ゆっくりと押し込んでいった。

五

「あう……！」

ぬるっと亀頭が潜り込むと、葉が眉をひそめて呻いた。

張り詰めた雁首が一気に入ってしまうと、あとは滑らかに吸い込まれていった。最初の見た目は、入るだろうかと心配になるほど可憐な蕾であったが、いざ受け入れてしまうと細かな襞は丸く押し広がってぴんと張り詰め、今にも裂けそうなほど光沢を放ったが、それでもしっかりと一物をくわえ込んでいた。

藤吉が深々と押し込むと、下腹部に葉の尻の丸みが心地よく当たって弾んだ。

「痛いですか？　大丈夫？」

まだ動かず、藤吉は葉を見下ろしていった。

すると彼女は、実に意外な要求をしてきたのである。

「こ、これを、前の穴に……」

葉は、泉右衛門に買ってもらった張型を差し出してきた。それは鼈甲《べっこう》製の高価なものである。

藤吉は手に取り、股間を押し付けたまま、張型の丸い先端を割れ目に押し当てた。そしてこすり付け、大量のぬめりをまつわりつかせてから押し込んでいった。

「ああッ……、すごい……！」

葉が、びくっと身を反り返らせて口走り、張型も根元まで呑み込んでいった。膣内が塞がれたせいで、直腸内にある肉棒がさらにきゅっときつく締め付けられた。

また彼女が待ちきれなくなったように身をくねらせ、股間を突き上げてきた。

藤吉も、体勢的に張型の根元を握って動かすのが困難なので、そのまま尻の穴で肉棒を出し入れするように動かした。その下腹の圧迫で張型の根元が押され、ちょうど良く動かす形になった。

「いいわ、気持ちいい、とっても……！」

葉が声を上ずらせて喘ぎ、彼の下で狂おしく乱れた。さらに彼女は片方の手で乳房を揉みしだき、もう片方の手はオサネに伸ばして激しくこすっていた。

藤吉も、次第に勢いをつけて腰を突き動かした。もちろん肛門内は、膣ほどのぬめりは感じられないが、葉が巧みに力を緩めて動きやすくしているようだ。ここ最近の体験で、葉は天才的な淫戯の持ち主となっていたのである。

「い、いきそう……、もっと滅茶苦茶にして……！」

葉が声を上げ、藤吉も乱暴に股間をぶつけるように動き続けた。

たちまち大きな快感の津波が押し寄せ、藤吉は巻き込まれてしまった。

「く……！」

絶頂の中で呻きながら、藤吉は熱い精汁を勢いよく噴出させた。

「いく……、ああーッ……！」

肛門の奥深くに熱いほとばしりを受けた途端、葉も同時に昇りつめたようだ。彼女は声を絞り出し、がくんがくんと全身を反り返らせて悶えた。

内部に満ちる精汁に、肉棒の動きはますます滑らかになり、張型をくわえ込んだ陰戸からは、粗相でもしたような大量の淫水が湧き出していた。

藤吉は最後まで出し切り、ようやく動きを止めて余韻に浸った。

「アア……」

葉もまた、心ゆくまで快感を味わうと、力尽きたようにぐったりと手足を投げ出していった。その拍子に張型がぽろりと抜け落ち、粘つく淫水にまみれながら布団から畳に転がっていった。

同時に肛門内部も、もぐもぐと収縮を開始し、納まっている肉棒を内圧で押し出しはじめた。快感を堪能し尽してしまうと、急に邪魔になった異物を排除しようとしているかのようだった。

完全に股間を引き離した藤吉は、葉に添い寝して余韻に浸った。

一物に汚れの付着はなく、葉の肛門も可憐な蕾に戻っていった。

「どんな感じでしたか……」

「良かった、すごく……。前でも後ろでも感じるみたい……。今までの私は、何だったのでしょう……」

彼女は、うっとりと身を投げ出しながら答えたが、それは、こっちが聞きたいぐらいだと藤吉は苦笑した。

間もなく、千織の亭主も帰ってきてしまい、気ままに情交できる相手は少なくなるだろうが、この葉は、会うごとに大きな成長ぶりを見せていて楽しみだった。主人である泉右衛門も公認しているのだから、今しばらく藤吉は、葉の肉体の開発に専念してみようと思った。

(玉栄先生、驚くだろうな……)

藤吉は思い、自分の体験が春本になるのを心待ちにするのだった……。

一〇〇字書評

切り取り線

購買動機（新聞、雑誌名を記入するか、あるいは○をつけてください）

□（　　　　　　　　　　）の広告を見て	
□（　　　　　　　　　　）の書評を見て	
□ 知人のすすめで	□ タイトルに惹かれて
□ カバーがよかったから	□ 内容が面白そうだから
□ 好きな作家だから	□ 好きな分野の本だから

●最近、最も感銘を受けた作品名をお書きください

●あなたのお好きな作家名をお書きください

●その他、ご要望がありましたらお書きください

住所	〒				
氏名		職業		年齢	
Eメール	※携帯には配信できません	新刊情報等のメール配信を 希望する・しない			

あなたにお願い

この本の感想を、編集部までお寄せいただけたらありがたく存じます。今後の企画の参考にさせていただきます。Eメールでも結構です。

いただいた「一〇〇字書評」は、新聞・雑誌等に紹介させていただくことがあります。その場合はお礼として特製図書カードを差し上げます。

前ページの原稿用紙に書評をお書きの上、切り取り、左記までお送り下さい。宛先の住所は不要です。

なお、ご記入いただいたお名前、ご住所等は、書評紹介の事前了解、謝礼のお届けのためだけに利用し、そのほかの目的のために利用することはありません。またそのデータを六カ月を超えて保管することもありませんので、ご安心ください。

〒一〇一-八七〇一
祥伝社文庫編集長　加藤　淳
☎〇三（三二六五）二〇八〇
bunko@shodensha.co.jp

祥伝社文庫

上質のエンターテインメントを！　珠玉のエスプリを！

祥伝社文庫は創刊15周年を迎える2000年を機に、ここに新たな宣言をいたします。いつの世にも変わらない価値観、つまり「豊かな心」「深い知恵」「大きな楽しみ」に満ちた作品を厳選し、次代を拓く書下ろし作品を大胆に起用し、読者の皆様の心に響く文庫を目指します。どうぞご意見、ご希望を編集部までお寄せくださるよう、お願いいたします。

2000年1月1日　　　祥伝社文庫編集部

寝《ね》みだれ秘図《ひず》

長編時代官能小説

平成17年10月30日　初版第1刷発行
平成20年6月10日　第4刷発行

著者　睦《む》月《つき》影《かげ》郎《ろう》
発行者　深澤健一
発行所　祥《しよう》伝《でん》社《しや》
東京都千代田区神田神保町3-6-5
九段尚学ビル　〒101-8701
☎03(3265)2081(販売部)
☎03(3265)2080(編集部)
☎03(3265)3622(業務部)
印刷所　堀内印刷
製本所　明泉堂

ISBN4-396-33258-0 C0193

祥伝社のホームページ・http://www.shodensha.co.jp/

祥伝社文庫

睦月影郎　おんな曼陀羅《まんだら》

女体知らずの見習い御典医の結城玄馬。藩主の娘・咲耶姫の触診を命じられるものの、途方に暮れる…

睦月影郎　はじらい曼陀羅

若き藩医・玄馬の前に藩主の正室・賀《か》絵《え》の白い肌が。健康状態を知るためと言い聞かせ心の臓に耳をあてると…。

睦月影郎　ふしだら曼陀羅

恩ある主を失った摺物師藤介。主の未亡人が、夜毎、藤介の寝床へ。濃密な手解きに、思わず藤介は…。

睦月影郎　あやかし絵巻

旗本次男坊 巽孝二郎が出会った娘・白粉小町の言葉通りに行動すると、欲望が現実に…。小町の素顔とは？

睦月影郎　うたかた絵巻

医者志願の竜介が救った美少女お美和には不思議な力が。竜介は思いもしない淫らで奇妙な体験を……

睦月影郎　うれどき絵巻

義姉の呻き声を聞きつけた重五は、ぎょっとした。病身のはずの正恵が寝間着の胸元をはだけていたのだ…。

祥伝社文庫

睦月影郎　ほてり草子

貧乏御家人の次男・光二郎は緊張した。淫気抑えがたく夜鷹が徘徊する場所にきたのだが…。

南里征典ほか　秘本

南里征典・藍川京・丸茂ジュン・小川美那子・みなみまき・北原双治・夏樹永遠・睦月影郎

菊村　到ほか　秘本　禁色《きんじき》

菊村到・藍川京・北山悦史・中平野枝・安達瑶・長谷一樹・みなみまき・夏樹永遠・雨宮慶

北沢拓也ほか　秘本　陽炎《かげろう》

北沢拓也・藍川京・北山悦史・雨宮慶・睦月影郎・安達瑶・東山都・金久保茂樹・牧村僚

神崎京介ほか　禁本

神崎京介・藍川京・雨宮慶・睦月影郎・田中雅美・牧村僚・北原童夢・安達瑶・林葉直子・赤松光夫

藍川　京ほか　秘典　たわむれ

藍川京・牧村僚・雨宮慶・長谷一樹・子母澤類・北山悦史・みなみまき・北原双治・内藤みか・睦月影郎

祥伝社文庫

藍川 京ほか **秘めがたり**
内藤みか・堂本烈・柊まゆみ・草凪優・雨宮慶・森奈津子・鳥居深雪・井出嬢治・藍川京

睦月影郎ほか **秘本Z**
櫻木充・皆月亨介・八神淳一・鷹澤フブキ・長谷一樹・みなみまき・海堂剛・菅野温子・睦月影郎

藍川 京ほか **秘本卍《まんじ》**
睦月影郎・西門京・長谷一樹・鷹澤フブキ・橘真児・皆月亨介・渡辺やよい・北山悦史・藍川京

櫻木 充ほか **秘戯S(Supreme)**
櫻木充・子母澤類・橘真児・菅野温子・桐葉瑶・黒沢美貴・降矢木士朗・高山季夕・和泉麻紀

草凪 優ほか **秘戯E(Epicurean)**
草凪 優・鷹澤フブキ・皆月亨介・長谷一樹・井出嬢治・八神淳一・白根 翼・柊まゆみ・雨宮 慶

牧村 僚ほか **秘戯X(Exciting)**
睦月影郎・橘真児・菅野温子・神子清光・渡辺やよい・八神淳一・霧原一輝・真島雄二・牧村僚